JESÚS DE VALIZAS

TISNÉS, RODRIGO
Jesús de Valizas
1ª ed.: noviembre de 2014
198 p.; 14 x 20 cm.
ISBN 978-9974-8472-4-8

© 2014, TSE / Travesía Ediciones
Anacahuita 724 - CP 20000
Maldonado, Uruguay
travesiaediciones@outlook.com

JESÚS DE VALIZAS

Rodrigo Tisnés

De cómo llegaron los antepasados
de Jesús de Valizas a América

Cuando el joven Jonás Maggo se embarcó en aquel ballenero en el año de 1907, nunca sospechó la serie de afortunadas desventuras que estaban por sucederle y que habrían de convertirlo en el primer Maggo en llegar a América. Había nacido 19 años antes en Horta, capital de Faial, una de las islas que componen el archipiélago de las Azores, en el seno de una familia de pescadores. De pequeño, su padre y sus tíos comenzaron su adiestramiento en la ancestral tradición familiar.

Era un barco norteamericano, el *Ismael*, que recaló en las islas en su ruta hacia el Atlántico Sur, en la temporada de caza de los cachalotes. Buscaban aprovisionarse, descansar un poco, y reclutar algunos avezados, intrépidos… y baratos marineros locales. Jonás estuvo entre ellos. Pese a su juventud, hacía ya casi un lustro que salía diariamente con los mayores a pescar, en embarcaciones tan precarias que parecían una afrenta al poder del océano.

Desde el mismo momento en que pisó el barco las cosas comenzaron a salir mal: dos marineros que estaban haciendo reparaciones sufrieron unas desdichadas lesiones. Una vez en alta mar, el timón de la nave se rompió y navegaron a la deriva durante tres noches y cuatro días, para peor, una tormenta los hizo desviarse bastante hacia el Sur de su rumbo original, tanto, que en el ínterin cambiaron de hemisferio.

Esta sucesión de infortunios, en tan corto tiempo experimentados, provocó pronto el surgimiento de murmuraciones y rumores a bordo e, inevitablemente, Jonás fue motivo de algunos de ellos. La mayoría de los tripulantes, gente simple y supersticiosa a fin de cuentas, no tardaron demasiado en unir todos los percances vividos desde su partida de las Azores, a la "mala suerte" conque seguramente estaba marcado el último tripulante embarcado, y que de seguir con esa racha, seguramente los llevaría a todos a una helada y olvidada tumba acuática.

Aquella noche, el ciclón se desató de repente, como lanzado por algún terrible maleficio. La encantadora brisa que aliviaba el ardor de la tarde se transformó en una tormenta de una magnitud que parecía apocalíptica, haciendo que el barco se moviera a merced del poder del oleaje mientras el maderamen crujía penosamente con cada embate; muchos marineros se ataron a la nave y comenzaron a orar, unos infortunados intentaron bajar los botes y escaparse en ellos, pero el agua se los tragó para siempre, otros, integrantes de aquel grupo de agoreros murmuradores, viendo a Jonás persignarse, lo tomaron por la fuerza y como pudieron lo arrojaron por la borda. *"Perdónanos muchacho, pero eras tú o todos nosotros"* susurró un marinero viejo, y elevó luego una plegaria por el alma de Jonás, que era también por la suya.

Apenas lo tiraron al agua, el ciclón cesó milagrosamente… pero esa noche no estaba aún marcado su final. Antes de caer al agua, surgió de las aguas un descomunal leviatán que se lo tragó entero. Tres días con sus tantas noches estuvo encerrado en el vientre del animal, tres días en los que fue su cárcel y su refugio. No teniendo otra cosa que hacer, se dedicó a reflexionar y pensar como nunca antes lo había hecho en su vida. De ese modo, y a través del encadenamiento de los sucesivos hechos que le habían acontecido, fue que llegó a la conclusión de que nada había acontecido por azar, sino que, por el contrario, todo respondía a una lógica, un plan elaborado de ante mano de la misma forma en que un ajedrecista prevé con antelación las jugadas que ha de hacer en una partida, intentando que su oponente no las perciba. Y si bien era una racionalidad que escapaba a su limitada comprensión, se sintió lo suficientemente satisfecho al comprobar que si todo formaba parte de un plan, no tenía sentido alguno que todo terminara en el estómago de un animal marino. (*No*) –pensaba– (*de alguna forma saldré de acá. Si todo esto pasó por algo, no fue para que terminara acá*)

Al amanecer del cuarto día, sintió como una repentina solidez hizo pesado y lento el desplazamiento hasta entonces felino del animal, hasta detenerlo por completo. Cuando los pescadores y curiosos que estaban en la playa lograron finalmente abrir al descomunal cetáceo albino que había varado en la playa, se llevaron la sorpresa de sus vidas al ver salir, sano y salvo del vientre, a un ser humano sonriente, como si recién volviera de un paseo dominical.

Ahí se enteró que había ido a parar a un lugar llamado Barra de Valizas, un pueblucho de pescadores, poco más que un caserío, a unos 270 kilómetros de Montevideo, capital de la República Oriental del Uruguay. Se enteró también que no estaba muy lejos de Brasil. Por cuestiones de idioma le sedujo la idea de ir a ese enorme país-continente, sin embargo, esa primera semana le fue imposible hacer el intento de viajar hacia allá: primero fue llevado a Montevideo casi como si se tratara de algún héroe bíblico, luego fue revisado e inspeccionado varias veces por un cuerpo médico, otro día recibió una condecoración, notas en la prensa, copas en Fun Fun. Fue más de un mes de fama. Y cuando terminó, se había sentido tan bien recibido, tan querido, tan amistosa le pareció la gente, que desechó la idea de ir a Brasil, consiguió trabajo en el puerto, y se avecinó en Montevideo.

Al tiempo conoció a Marta, una muchacha siete años menor que él. Su abuelo paterno era un inmigrante catalán que allá por 1842 fue uno de los 79 sobrevivientes del naufragio de la fragata *Leopoldina Rosa* frente a las costas de Valizas. Su madre y abuelos maternos eran inmigrantes gallegos que habían cruzado el Atlántico a comienzos de 1890 con la intención de "hacerse la América".

Empezaron a salir, se enamoraron, y en 1916, mientras Europa se desgarraba en el peor conflicto bélico conocido hasta entonces, ellos contrajeron matrimonio en el tranquilo y próspero Uruguay. Cinco hijos tuvieron: Miguel fue el mayor y Juana la menor. El tercero se llamó Joaquín y nació en 1922.

Joaquín, a quien en el barrio conocían todos como "el Gallego", fue el primero de los Maggo en completar con éxito los años de estudio liceal. Pero no siguió estudios universitarios, tal como pretendían Marta y Jonás, por el contrario, comenzó a trabajar en un periódico y luego tomó un segundo trabajo como profesor de Historia en varios liceos. Era un muchacho culto, buen orador y de aspecto agradable. Al igual que a su padre le interesaban los problemas sociales, especialmente la cuestión obrera; pero a diferencia de este que había militado en la FORU hasta su virtual desaparición, su hijo comenzó militando en la UGT y en el Partido Comunista. Esta diferencia ideológica entre padre e hijo fue causa muchas veces de discusiones tan honestas como apasionadas en la mesa familiar, en las que no faltaban el humor y la ironía.

—Es incomprensible que cualquier persona que conozca el mundo, y esté comprometido con los problemas de su gente, no sea comunista hoy en día —decía Joaquín.

—Más incomprensible aun, es que alguien que haya estudiado profundamente el marxismo, no sea anarquista –era la invariable respuesta del padre.

En 1945, cuando en Europa estaban terminando de matarse en una carnicería peor que la anterior, en el aún próspero Uruguay, Joaquín se casó con Ana, su enamorada desde que eran compañeros de escuela. El 16 de noviembre de 1952 la feliz pareja tuvo a su única hija a la que llamaron Sara.

La profecía de las gitanas

Sucedió en una ocasión, cuando Sara contaba con 8 años de edad, que se instaló cerca de la casa de la familia Maggo un circo gitano. El espectáculo se anunciaba como "EL MAYOR Y MÁS GRANDE ESPECTÁCULO CIRCENSE VISTO NUNCA. SOMOS EL ÚLTIMO Y LEGÍTIMO HEREDERO DE LA MILENARIA TRADICIÓN DEL PUEBLO ROMANÍ EN LAS ARTES ESCÉNICAS", y había recorrido la mitad del mundo conocido, desde Tokio a Buenos Aires, pasando por Pekín, Bangkok, Nueva Delhi, Bombay, El Cairo, e incontables capitales y ciudades europeas. Los rumores pronto señalaron que en Belgrado, habían realizado una actuación especial para el Mariscal Tito y 250 invitados especiales, y lo mismo habían hecho en Londres para la reina Isabel, que en París el Moulin Rouge había tenido que cancelar sus espectáculos mientras el circo permaneció, y que en Berlín nunca habían cruzado tantos alemanes orientales como los días que el circo gitano estuvo por allá.

Si bien en opinión de muchos de los espectadores que fueron, las críticas no eran más que un invento propagandístico de esos *"gitanos pícaros, que no tienen ni tigres ni leones ni elefantes ni osos, y ni siquiera tienen cebras"*... esa queja solo podía ser realizada por neófitos que desconocían que entretener a un público con números de animales lo puede lograr cualquier principiante. Lo verdaderamente excepcional, lo que demuestra el talento, habilidad y calidad de una compañía, es entretener y hacer feliz al público sin caer en números ramplones y chabacones, ni en realizar inhumanos trucos con animales usados como bufones para la diversión de espectadores que son tratados como tontos.

Tampoco había grandes piruetas, ni enanos, ni forzudos, ni hombres bala, ni jinetes, ni escapistas, ni magos, ni mentalistas, ni mujeres barbudas, ni tragasables, ni ventrílocuos.

Lo que tenían, era el mejor número de acróbatas, cama elástica, contorsionistas, equilibristas, malabaristas, payasos monociclistas, titiriteros y tragafuegos al oeste de los Cárpatos. Todo el espectáculo estaba acompañado por la música de una orquesta conformada por violín, acordeón y clarinete, que terminaba por conformar una atmósfera intimista y onírica.

Alrededor de la carpa principal se instaló el resto del campamento. En diversas tiendas se instaló la trouppe con sus familias, y otros integrantes de la tribu que acompañaban la caravana allá por donde fuera. Así, mientras los artistas entrenaban y preparaban las funciones, algunos hombres se dedicaban a realizar pequeñas changas, dar consejos de herboristería, realizar trabajos de plomería, y reparar ollas, cacerolas y todo tipo de cacharro doméstico dañado; y algunas mujeres, ya fuera de manera ambulante o en tiendas en el campamento, ofrecían adivinar el destino de las personas en las líneas de las manos.

Tres de esas mujeres, eran unas viejas matusalénicas que todos creían hermanas, pero nadie lo podía asegurar ya que estaban recorriendo el mundo con el circo desde antes que cualquiera del resto de los integrantes del circo tuviera memoria. Se instalaron en una pequeña tienda al costado de la carpa principal, que era tanto su vivienda como el lugar donde oficiaban su misteriosa disciplina.

Pese a la ancestral desconfianza de Ana hacia los gitanos, Joaquín la terminó convenciendo de que sería un lindo paseo para su hija ir a ver el circo... y también para ellos dos. Fue así que un sábado a media tarde, los tres caminaron las cinco cuadras hasta el baldío donde en ese momento estaban instalados circo y campamento gitanos.

Las tres ancianas estaban sentadas afuera de su tienda, mientras el público se agolpaba en la boletería para la función de las 18:30, cuando pasaron frente a ellas Ana, Joaquín; y Sara en medio de ellos, tomada de las manos de sus padres. *"Buenas tardes a esta preciosa familia. ¿No les gustaría que les dijéramos el futuro antes de empezar la función? A esa nena tan bonita e inteligente al menos"* dijo una de las tres viejas.

Ana pretendió ignorarlas y seguir rumbo a la boletería. Es que si recelaba de los gitanos en general, la mezcla de adivinación y gitanas directamente le parecía una práctica de brujería que había que evitar como al pecado mismo. Pero ya era muy tarde. Joaquín y Sara se habían dado vuelta a ver quien los llamaba y quedaron los tres parados, ahí, al lado de la tienda de las viejas de edad inmemorial.

–¿Quiénes son ustedes, ancianas arrugadas y de cabellos grises? De todas las personas de edad que conozco, ustedes parecen por mucho las más viejas de todas, y sin embargo, parecen estar más sanas que mucha gente de menos edad.

—Es por la dieta a base de frutas que seguimos, caballero –dijo una de ellas–. Mi nombre es Ángela y en el arte de la adivinación, soy la que mapea las líneas de la vida.

—No te olvides de la copa de vino tinto que tomamos todas las noches –agregó otra con una mueca risueña–, que mantiene limpio al corazón. Yo soy Gabriela, y en el arte de la adivinación, soy la que descifra el mapa de la palma.

—Hermanas, la dieta es importante, pero lo fundamental, es que solo nos exponemos el tiempo justo al Sol. Yo me llamo Sibila, y en el arte de la adivinación, soy la que interpreta y comunica el mensaje de la palma –intervino la tercera.

—¿Puedo mami?... ¡dale papi!, convence a mamá para que deje que me digan el futuro –suplicó Sara, mirando alternativamente a cada uno de sus padres.

Joaquín sonrió... y Ana resopló, porque sabía que cuando su marido sonreía de ese modo a su hija, era porque ella ya lo había ganado para su causa. No le quedó más remedio que aceptar que aquellas tres viejas raras le leyeran la suerte, mientras ella iba a sacar las entradas, y Joaquín quedaba esperando a que Sara saliera.

Adentro de la tienda olía a incienso. El espacio era tan pequeño que solo dejaba lugar a un escaso mobiliario: apenas una mesa y dos sillas, una a cada lado de la mesa. Telas rojas, naranjas y amarillas de apariencia oriental adornaban el interior. El efecto de esos colores mezclado con el penetrante olor de los sahumerios creaba una atmósfera mágica, mística, arcaica. Como de estar en un cuento de las *Mil y una noches* o algún otro relato persa o hindú. La mesa estaba cubierta por un paño rojo, del mismo tipo que adornaban el resto de la tienda, y solo una bola de cristal había sobre ella.

Sara tomó asiento en la silla de los clientes, y del otro lado Ángela tomó asiento. *"Dame tu mano izquierda niña"* le pidió la anciana adivina.

—¿Por qué la izquierda?

—Porque es la mano que está del lado del corazón.

Satisfecha su curiosidad, le extendió la mano izquierda alegremente. La anciana la tomó entre las suyas, ajadas como papiro viejo. Las estudió detenidamente un largo rato, pasó su dedo índice por cada una de las líneas de la palma, en lo que parecía ser un minucioso estudio, casi como si estuviera descifrando un jeroglífico, mientras recitaba en un murmullo ininteligible lo que parecían ser unas invocaciones. Finalmente, se levantó de la silla, juntándose con sus dos hermanas. Sara pensó que estaban rematadamente locas cuando las vio tomarse de las manos y comenzar una ronda.

"Rueda rueda rueda,
rueda que rueda,
rueda la ronda,
tres veces por mí.

Rueda rueda rueda,
rueda que rueda,
rueda la ronda,
tres veces por ti.

Rueda rueda rueda,
rueda que rueda,
rueda la ronda,
tres veces por ti.

Así llegamos
A tres veces tres
Cuenta sacra"

—¡Salud, Sara, hija de Ana y Joaquín! —la saludó Ángela haciéndole una reverencia.

—¡Salud, Sara, madre de Jesús! -la saludó Gabriela, imitando la reverencia de su hermana

—¡Salud, Sara, tu hijo será divino! —la saludó Sibila, e imitó la reverencia de sus hermanas.

Sara quedó muda. Patidifusa por lo que acaba de ver y oír. Temerosa. ¿Cómo podía ser que esas viejas supieran su nombre y el de sus padres si en ningún momento de su conversación los habían dicho? Más curioso aún: ¿qué querían decir con eso de "madre de Jesús"? Ella no era madre de nadie. Pensaba, sí, ser madre en algún momento de su vida, de repente en 20 años, cuando fuera vieja, pero ni loca pensaba ponerle Jesús a ningún hijo suyo. ¿Y que quería decir eso de que sería "divino"?.

Sibila entonces le habló: *"Sara, niña, no temas. Bendita tú seas entre todas las mujeres. Escucha bien lo que te digo y guárdatelo en la cabeza: de acá a muchos años habrás de quedar embarazada y darás a luz a un hijo que se llamará Jesús, luego de gestarlo 10 meses en tu vientre. Será grande entre los hombres y su nombre perdurará hasta el fin de los tiempos humanos pese a que en su momento no será escuchado. Vuelve ahora con tus padres que te están esperando".*

Se despidió con un beso de las tres viejas locas, y ellas le regalaron una medallita de plata para que las recordara. Pero apenas salió de la tienda y se encontró con su padre, lo que le habían dicho se perdió en los meandros de la memoria.

El nacimiento de Jesús Maggo

Sucedió que a comienzos del verano de 1970, Sara, en el año de su mayoría de edad, decidió pasar sus vacaciones con sus amigas en un rancho que alquilaron entre todas en Valizas. Eran en total 4 amigas, todas ellas compañeras del liceo, y dispuestas a pasar unas vacaciones inolvidables, las primeras de su incipiente adultez.

La primera quincena discurrió bucólica y apacible, entre extensos baños en la playa por las mañanas y las tardes, y fogones por las noches. Mas, aconteció que en la segunda quincena, llegó al encantador pueblito un grupo de jóvenes murguistas, que deambulaban de balneario en balneario viviendo de su arte. *Vino con Sandía*, tal era el nombre con que habían bautizado la murga, sin que nunca haya quedado claro el porqué.

Se juntaban todas las nochecitas, generalmente en la plazoleta ubicada en la calle principal a pocos metros de la playa, y ahí, a veces solos, y otras, acompañados por el espontáneo coro de los asistentes, hacían su espectáculo. Fue una de esas agradables nochecitas que de tan perfectas parecían irreales, en que las miradas de Sara y un lindo y enigmático cupletero coincidieron.

Al cruce de miradas siguió un intento mutuo de seducción. Ella sonrió… y él respondió, cómplice. Ella se sonrojó… él también. Se distrajo, olvidándose de la letra de lo que estaban cantando, y a ella no le importaron los comentarios de sus amigas que en ese momento se habían dado cuenta de la razón del error.

Un pacto íntimo y silencioso se había sellado entre las dos voluntades. En los días y semanas que sucedieron, el juego de fascinación continuó entre ambos. A él lo encandilaban sus ojos de felina, su andar de pantera, y la graciosa naturalidad con la que llevaba su belleza… a ella la desarmaba su apostura de aristócrata gentil y campechano, y la inteligencia de sus ojos vivos.

Cierta noche, por una calculada casualidad, quedaron solos al fin de la actuación. Esa noche compartieron una animada charla bajo las estrellas hasta la madrugada, y la amenizaron con varios vasos de vino y algún porro. Y terminaron por sellar su pacto con un beso, que en su mansa e interminable profundidad desataba todo el deseo que habían sentido desde aquella primera noche en que sus miradas se cruzaron. Separaron sus labios un momento para tomar aire… y volvieron al exquisito ataque que un rato antes habían iniciado.

Fue la última noche de estadía de la murga en Valizas. Comenzaba el 2 de febrero de 1970. Ellos habían dado su última actuación, ella, ya había acordado con sus amigas para que dejaran el rancho solo unas cuantas horas. Apenas llegaron comenzaron a besarse en desordenado frenesí, mientras él le acariciaba el hermoso cuerpo por sobre la ropa, y ella emitía leves gemidos de placer en su oído…

Como pudieron se desnudaron mutuamente, porque los besos que se daban les sabían a vino con miel y ninguno quería dejar la boca del otro. El anónimo murguista quedó fascinado ante la visión de su desnudez: sus senos medianos, firmes y redondeados, sus muslos de pantera, la tersa piel de su vientre y nalgas, la hermosa veta de su vello púbico… todos los lugares que esa noche descubrió y exploró en ella le parecieron mucho más sensuales de lo que se había podido imaginar.

Hicieron el amor como un combate lleno de erotismo. Fue una lucha cuerpo a cuerpo llena de ardor, pasión y deseo por fin liberados. Exuberante en lujuria y en eróticas agresiones.

Esa noche fue tan prolongado el acto de amarse, fueron tantos los suspiros, gemidos y exclamaciones, fue tanto el calor emanado de sus cuerpos, tanto sudaron los dos cuerpos… que se empañaron todas las ventanas y el rancho se convirtió en un sauna. Hasta que, finalmente, exhaustos de tan prodigiosamente prolongado acto amatorio, se rindieron a un plácido descanso, confundidos en un íntimo abrazo que se llenó de tiernas caricias.

Cuando Sara volvió a abrir los ojos, con el sol ya poniéndose en el horizonte, se encontró sola en la cama. En el espacio vacío, donde horas antes había yacido su amante, encontró –envueltos en un papel– 2 cosas: un sacacorchos, el mismo con el que tantas botellas de vino habían abierto en esa larga quincena, y una carta donde estaba escrita una retirada carnavalesca:

Qué lindo sería poder el mundo parar
ser un salmón en la corriente del tiempo
que todas las noches, fueran la noche de ayer

efímero encuentro de una hermosa Colombina
Musa terrena, sacra y pagana
de este Arlequín, poeta bohemio
En el reinado de Momo sublime bacanal
quijotesco amor el que supimos vivir.

Soñar que a la soledad podemos derrotar
que más de lo que partimos volvemos
que es infinita la alegría
cada vez que recuerde
tu voz, tu risa, tu cálido cuerpo

Me voy
pero que el llanto riegue la esperanza
y que germine en un retorno triunfal
que nueva vida se geste
y que siempre comience en febrero
Hasta entonces adiós
Salud
A mi Colombina

En ese momento le quedó claro algo que íntimamente había sabido desde el momento en que lo conoció: nunca más habrían de volver a verse.

Llegaba casi a su segundo mes de embarazo cuando su médico le confirmó la noticia. Si bien lo comenzó a sospechar cuando se le pasó la fecha de su menstruación, y las fue ahondando con los malestares que pronto comenzó a sentir… no fue si no hasta ese momento que tuvo la fuerza de ánimo para realizarse los análisis pertinentes. No se trataba de que tuviera miedo a la reacción de sus padres, ella sabía que pasara lo que pasara podía contar con su apoyo, si no que era su propia sensación de inseguridad, de indefensión, la que la angustiaba.

Una tarde, tomando mate con sus padres largó la noticia. *"Estoy emba-razada"* dijo lacónicamente y eludiendo sus miradas.

—Ya lo sabía— fue la igualmente breve respuesta de su madre. Su padre la abrazó y le besó la cabeza como cuando era una gurisa chica.

Su madre la acompañó de ahí en más a todos los controles del embarazo. En los días y meses que siguieron nunca escuchó un reproche, ni una queja de parte de ellos. Y si lo hubo, tuvieron el buen tino de que Sara no los oyera. Ni siquiera cuando ya por el octavo mes de gestación –y sin saber muy bien porqué– se le ocurrió que quería… no, más bien que necesitaba, tener el bebé en el mismo lugar donde lo había concebido.

De nada sirvieron los reparos que a dicha situación pusieron Joaquín y Ana. Ante cualquier observación ella siempre parecía tener la respuesta adecuada: si el problema era la falta de un hospital en Valizas, ella se limitaba a decir que eso nunca había impedido a nadie nacer, y que de surgir cualquier complicación el Hospital de Castillos estaba cerca; si el problema era la incomunicación, ella argumentaba que la policía cumplía ese rol en el pueblo; si era que no podía irse sola, ella respondía que no tenía por qué ir sola.

Y efectivamente no fue sola. Dado que según los cálculos del médico el parto se esperaba para principios o mediados de noviembre, Sara y su madre alquilaron un rancho (cerca de la comisaría) a fines de octubre. Y allí comenzó la espera.

No se preocuparon cuando nada sucedió la primera semana de noviembre. Para el final de la segunda, la inquietud de Ana era evidente, y cada vez menos eficaces los intentos de Sara por calmarla. Por alguna razón, a pesar de que ella sabía que estaba en fecha de alumbrar, íntimamente sabía que no había ninguna complicación ni rareza en la demora; si no que, por el contrario, todo estaba más que bien, discurría normalmente y algo maravilloso estaba por suceder. Sin embargo, era algo tan personal, tan intuitivo, que no encontraba la forma de comunicarlo a su madre.

Fue tanta la insistencia de esta, que sobre el final de la tercera semana fueron hasta Castillos. Cuando pusieron al tanto al médico de guardia de la situación, rápidamente las subieron a una ambulancia y las enviaron a Rocha para que le realizaran una serie de análisis a Sara. Tal como ella sospechaba, los estudios dieron perfectos: según el obstetra el desarrollo y el estado del bebé eran perfectamente normales, e incluso desaseguró que: *"en Montevideo le erraron feo, parece que falta como un mes para que llegue su final"*.

Luego de llamar a Montevideo y poner al tanto de la nueva situación a Joaquín, volvieron a Castillos en la misma ambulancia que las había llevado, con Ana murmurando embroncada con el médico que en Montevideo les había dado una fecha tan inexacta. De ahí volvieron a Valizas a seguir la renovada espera.

Para el 22 de diciembre Joaquín llegó a pasar las fiestas con ellas y dar una mano en el rancho. A esa altura era evidente que no podía faltar mucho para el nacimiento, razón más que suficiente para que pocos días antes Ana hubiera contratado los servicios de una partera de la zona... una vieja matrona en realidad, que amén de sus innumerables partos –trece hijos aseguraba haber parido–, había asistido a cada una de las parturientas de por allá en los últimos 37 años. Eso había provocado que en esos días finales los habitantes regulares del rancho fueran cuatro.

Dada la proximidad de las fiestas de fin de año, Joaquín llegó con una buena provisión de sidras, vino, pan dulce, turrones, quesos y fiambres varios; el cordero para asar en Noche Buena lo compró allá mismo. El 24 llegó sin mayores novedades, hasta que, por la noche, cuando ya habían comenzado la celebración en un clima de mesurada e íntima alegría, Sara sintió como las contracciones que tenía se hacían cada vez más seguidas y poderosas: se repetían cada 2 o 3 minutos y duraban cerca de un minuto. Así estuvo un buen rato, sin animarse a decir nada para no generar falsas expectativas ni interrumpir el festejo... hasta que finalmente rompió la bolsa.

Quien hubiera visto en aquel momento a la matrona no hubiera podido creer que tenía los años que decía. Antes que alguien reaccionara ya estaba al lado de Sara, hábilmente y con una fuerza inaudita la levantó en peso de la silla y la llevó hasta el cuarto, seguida por Ana, que había atinado a reaccionar varios segundos después. Cuando volvió en sí, Joaquín salió corriendo hacia la comisaría para solicitar una ambulancia.

El trabajo de parto duró unas cuantas horas. Sara pensó que se le iban a salir todas las tripas de tanto pujar y pujar, y le dolía la espalda terriblemente por el esfuerzo y la incomodidad de haber estado varias en la misma posición. Agotada por el cansancio, se puso a llorar. A su lado, Ana le daba voces de ánimo, y la partera repetía órdenes e indicaciones.

Finalmente, apenas pasadas las 8 de la mañana, y luego de un par de empujones finales con ayuda de la partera (que comenzó a empujarle la barriga hacia abajo) salió el fruto de su vientre. Primero asomó su cabecita, y luego, con una pasmosa facilidad, el resto de su cuerpecito salió al mundo exterior. Ana y la matrona se sorprendieron porque el bebé, lejos de nacer entre gritos y llantos, salió del vientre materno sonriendo. Era una sonrisa gentil, viva, inteligente. Sara no se dio cuenta de nada mientras lloraba nuevamente, pero esta vez era de alegría... de una alegría incomunicable, como nunca antes había experimentado.

Después de limpiarlo, Sara recibió a su hijo en sus brazos. Tiernamente acunado en los brazos de su madre, el bebé se durmió plácidamente. *"Hola, dormilón"* –le susurró– y le besó la frente.

–¿Qué nombre le vas a poner? –le preguntó su madre, que la miraba desde la puerta del cuarto.

–Bueno, había pensado en llamarlo Ernesto. Pero visto el día que nació creo que lo voy a llamar Jesús... ¡sí, eso es! Jesús Ernesto –y sin saber bien porqué, sonrió.

El arribo de los tres Reyes

Habiendo nacido Jesús en Valizas aquel 25 de diciembre de 1970, de una madre soltera, resultó que en los primeros días de 1971 llegaron al pueblo unos curiosos personajes: eran tres payasos itinerantes.

Justo pasaban por el rancho que Sara y su madre aun habitaban, cuando pasaron ellos por la puerta y vieron a Ana. El más anciano, un sujeto rollizo, de estatura mediana, poblada barba canosa (que le brindaba un aspecto de patriarca del Viejo Testamento) y que aparentaba unos 50 años se acercó a ella: *"Disculpe, estimada señora, ¿tendría usted lugar en su rancho para que tres viajeros cansados puedan dejar sus cosas unas cuantas horas?".*

En otras circunstancias, y en otro lugar, Ana ni se hubiera molestado en mirar a los desconocidos que tan sueltos de cuerpo se atrevían a hacer tal pregunta, mucho menos estando a solas con su hija. Sin embargo, tanto tiempo allá le había contagiado la onda bohemia del lugar. Miró al trío que estaba frente a la puerta, por cierto que era un grupo humano de lo más raro, aun para tratarse de Valizas: los otros dos hombres aparentaban estar en los 40 y tantos años, uno de ellos era negro como la noche, los tres iban pesadamente cargados con bolsas y un baúl que se turnaban para cargar entre dos. Pero lo más raro de todo el conjunto lo aportaban sus ropas llamativas, como si pertenecieran a algún circo.

Pero sus rostros, afables y bonachones, le inspiraron confianza a Ana. *"Mire"* –dijo por fin– *"no quiero parecer descortés, pero no los conozco, no sé quienes son. Si están cansados más adelante encontrarán un hostal bastante barato y cómodo donde podrán descansar".*

–Tiene razón señora, discúlpenos –respondió el veterano que le había dirigido la palabra–. Nosotros somos los Tres Payasos Reyes, yo me llamo Melchor, y ellos son Gaspar y Baltasar.

–¿¡Me está tomando el pelo!?

–¡No señora!, nada más lejos de mi intención. Se lo juro por lo que más quiera. Tenemos un espectáculo de humor itinerante que llevamos pueblo a pueblo siguiendo el curso que nos marca el Astro Rey.

–Bueno, al menos no me dijeron que vienen guiados por una estrella, y supongo que eso de ser payasos explica la vestimenta y la carga que traen. Pero no esperarán que me crea que son hermanos –agregó mirando a Baltasar.

Los tres rieron de buena gana ante el astuto comentario de su interlocutora antes de responder (aunque prefirieron no hacerle notar que el Sol, por más brillante que sea, no deja de ser una estrella). Antes de que Ana se diera cuenta, una amena charla había comenzado. Fue así como se enteró que Melchor y Gaspar eran efectivamente hermanos, aunque sus nombres reales eran Merlín y Melquíades. Eran los últimos descendientes de un linaje de gitanos que tenían un circo ambulante desde tiempos inmemoriales, uno de sus antepasados había sido otro famoso Melquíades, experto en maravillas de la ciencia, conocedor de lo arcano, escritor de indescifrables pergaminos, y muerto hacía varias décadas en Singapur. El negro, Baltasar Reyes, los había conocido en su andar itinerante y los tres habían decidido conformar ese pequeño circo ambulante. Ya habían recorrido el país 3 veces con su espectáculo, y dio la casualidad que el inicio del verano los encontró en las costas de Rocha.

Estaban en eso cuando el llanto de Jesús cortó la conversación abruptamente. Ana llegó al cuarto donde estaban su hija y su nieto como una exhalación, e hizo de todo por ayudar a Sara a calmar al niño. Pero era imposible, el bebé, estaba inconsolable y no tenían ni idea del por qué.

Ya estaban a punto de salir para la Comisaría a pedir que las arrimaran hasta Castillos, cuando se dieron cuenta que los 3 payasos también estaban adentro. Habían sacado algunos de los muchos artilugios que solían usar: sus narices rojas, pelucas multicolores, pantalones bombachudos con lunares rojos, una bola de cristal multicolor, cuentas de vidrio, y pañuelos de varios colores. Tan repentinamente como se había iniciado, el llanto cesó… y pasó entretenido con los trucos y juegos de los tres payasos hasta que le llegó la hora de su siesta. En realidad, parecía que hubiera tres niños en el rancho, porque no fue solo Jesús quien festejó ruidosamente las proezas y cómicas ocurrencias de los payasos Reyes.

Esa noche maravillaron al pueblo con su acto. El acto de bilocación de Melchor fue aplaudido a rabiar, más aun que los malabares de Baltasar, e incluso que el truco de levitación de Gaspar. Pero la parte más divertida (y la más deliciosa) fue la guerra de pasteles con crema que desataron entre tres bien conformadas compañías de niños, bajo el mando de cada uno de ellos. De tan llena que quedó al final del espectáculo, no pudieron levantar la gorra ni entre los tres, y tuvieron que pedir ayuda a algunos de los espectadores. Pernoctaron en una carpa que instalaron fuera del rancho de Ana y Sara, y temprano por la mañana del día 6 se marcharon. Antes de partir le dejaron unos regalos al niño Jesús al lado de la cuna en que dormía: una botella de vino, sahumerios purificantes, y un pequeño y colorido papelito con lo que parecían ser unos símbolos arcanos. Y tan repentinamente como habían arribado, se marcharon.

La huída a México

Después que partieron los payasos, Sara y Ana permanecieron unos días más en Valizas antes de volver a Montevideo. Los meses que siguieron fueron de plena felicidad –si es que alguna vez la felicidad merece tal adjetivo– en el seno familiar mientras Jesús se iba desarrollando y demostrando una temprana inteligencia, que hacía las delicias de sus abuelos. A Sara se le henchía el pecho de orgullo al constatar los progresos diarios de su precioso bebé. Pero quien más disfrutaba de la compañía del tierno infante era el ya casi nonagenario Jonás, que vivía con ellos desde que había enviudado en febrero de ese año.

La situación del país, muy por el contrario, distaba de ser el pequeño universo feliz e idílico que era la familia Maggo. Desde mediados de los años 50' la realidad del país se alejaba de aquella isla de paz y tranquilidad que alguna vez había sido: estancamiento económico, creciente brecha social, caída de los salarios, aumento desmedido de la inflación, intervención del FMI en la política económica, utilización de medidas prontas de seguridad para combatir huelgas, manifestaciones sociales de obreros y estudiantes, el surgimiento del movimiento guerrillero tupamaro, el acceso al poder de gobernantes autoritarios, el asesinato de Líber Arce y luego de otros estudiantes universitarios, y el creciente protagonismo de las Fuerzas Armadas en la lucha contra los tupamaros utilizando medios tan discutibles como los que decían combatir. Ese era el escenario del Uruguay a comienzos de la década del 70'.

Y el vodka de ese cóctel era un sistema político incapaz de encontrar una salida democrática a la crisis estructural.

Así planteadas las cosas se llegó a las elecciones de 1971. En la casa de los Maggo las opiniones estaban divididas: mientras Joaquín votó al Frente Amplio, Ana y Sara acompañaron al wilsonismo, y Jonás, como buen anarquista, ni se molestó en ir a votar. *"Si votar cambiara algo, los políticos ya lo habrían declarado ilegal"* esgrimía como invariable argumento.

El triunfo final de los colorados por menos de 13.000 votos, en medio de denuncias y sospechas de fraude electoral dejó planteado un escenario peor que el anterior.

Uruguay es un país gradualista hasta cuando sucede un golpe de Estado. En febrero de 1973 la Fuerza Aérea y el Ejército se insubordinaron, y el gobernante Bordaberry optó por firmar un pacto con los militares. El segundo acto de esta tragedia aconteció el 27 de junio de 1973 cuando el mismo Bordaberry y sus nuevos aliados decidieron disolver las Cámaras y no convocar a nuevas elecciones.

Si previo al golpe de Estado la inseguridad, la violencia y la falta de garantías eran realidades palpables, con la instalación de la dictadura esas mismas sensaciones, y otras nuevas como la sospecha y el estado de vigilancia continuos, se transformaron en cotidianas compañeras de vida de la población. Nadie, salvo los propios gorilas uniformados y los rinocerontes trajeados que los adulaban y apañaban, estaba a salvo, todos podían ser sospechosos de ser en algún momento considerados *"subversivos"*, *"marxistas"*, o simplemente *"malos orientales"*.

En los primeros días posteriores a la instalación de la *"nueva institucionalidad"*, se desató una feroz represión contra los medios de prensa y dirigentes gremiales y políticos, se disolvió la central sindical, se prohibió el derecho de reunión, se ilegalizaron partidos y se proscribieron actores políticos. Joaquín estuvo en la calle acompañando la huelga general, y terminó siendo detenido por varios días. Cuando lo soltaron había tomado una drástica decisión respecto a la familia.

"Nos vamos del país" fue lo primero que dijo luego de los besos y abrazos. *"Este es solo el comienzo, tarde o temprano van a venir a buscarme, y conmigo podrían llevarse a ustedes, o quién sabe qué otras cosas podrían pasar. Ya no estamos para nada seguros acá".* Todos estuvieron de acuerdo con Joaquín… o casi, porque nunca esperaron contar con la tenaz resistencia de Jonás a marcharse de su patria adoptiva. No hubo argumento capaz de convencerlo. *"Soy un viejo de 85 años, ¿qué podrían hacerme?, ¿matarme?, ¡jaaaa! Aun me puedo valer por mi mismo, y tengo a tus cuatro hermanos si algo me pasara; tú, hijo, tienes otras obligaciones y yo solo sería otra carga. Marchen ustedes, que los espero a su regreso".*

El comando militar que entró se sorprendió al encontrar en la casa solamente a un anciano parco y terco como una mula. No sabiendo que hacer se lo llevaron detenido, pero lo soltaron a las pocas horas. Hacía unas pocas horas que Ana, Jesús, Joaquín y Sara habían cruzado a la Argentina, para de ahí marcharse a México, donde Joaquín, gracias a sus contactos del partido y el periodismo tenía numerosos contactos y había conseguido un trabajo.

Una vez allí, se instalaron en Veracruz, preciosa ciudad de clima agradable y puerto atlántico, fundada por Hernán Cortés en 1519. Cada miembro de la familia tenía o logró encontrar una actividad: Joaquín retomó su trabajo de periodista haciendo corresponsalías desde México para diversos medios de prensa y relatando la vida de exiliado. Sara alternaba los cuidados de su hijo con esporádicas colaboraciones junto a su padre, Jesús pronto comenzó a asistir a un preescolar, y Ana, aparte de su rol de matriarca, se vinculó a actividades pastorales en la Iglesia local.

Como era la única creyente en la familia, nunca había conseguido que su marido o su hija la acompañaran al templo, ni siquiera en la misa de Noche Buena. De nada habían valido sobornos, protestas, lamentos, ni amenazas. Por eso se sorprendió gratamente cuando Jesús se ofreció para acompañarla aquella Noche Buena de 1980, a punto de cumplir los 10 años, y asumió que lo hacía como un gesto de cariño hacia ella del –por lo general– retraído muchacho. Así marcharon abuela y nieto hacia la catedral de Veracruz, una imponente construcción de estilo neo-clásico cuya construcción culminó en el año 1731, para mayor gloria del Señor en las alturas y orgullo de la Santa Sede en la terrenal Roma.

Al concluir el oficio, mientras Ana salía confundida entre la muchedumbre, no notó como el niño Jesús se quedaba rezagado. Recién cuando se encontraba ya a buena distancia de la iglesia se dio cuenta de la falta de su nieto. Comenzó a buscarlo y llamarlo a gritos por la calle, paró a los peatones para preguntarles si no habían visto a un niño de "diez años, como de esta estatura, de pelo negro como la noche, y unos ojos marrones que siempre parecen estar interrogando a quien los mira"… pero nadie supo decirle nada. Prosiguiendo su búsqueda llegó hasta la propia catedral, y en su desesperación entró sin pedir permiso ni llamar a la puerta, pese a que suponía que los sacerdotes debían estar festejando en ese momento la víspera de Navidad.

Mayúscula fue su sorpresa –tanta que casi parecía estupor idiota– al ver a su nieto cómodamente sentado en uno de los bancos del templo, charlando animadamente de temas religiosos con los párrocos, diáconos, sacerdotes y hasta con el mismísimo Obispo de la ciudad. Estos se hallaban profundamente admirados de la preclara inteligencia demostrada por su joven interlocutor, su vasto conocimiento sobre la Biblia, y su afán de conocimiento, expresado en una curiosidad voraz de animal carnívoro. Sus preguntas y respuestas los habían dejado asombrados. Estaban hablando sobre los atributos de Dios cuando Ana entró y lo escuchó: *"resulta pues, una paradoja la idea de que Dios sea omnipotente, humilde y benevolente al mismo tiempo, dado que si todo lo puede, entonces no es humilde y si pudiendo hacer no quiere, entonces tampoco sería benevolente; pero podría pasar que quisiera y no pudiera, y en ese caso no sería omnipotente. Y es una paradoja que no se puede resolver racionalmente, solo mediante la fe se puede elaborar una respuesta satisfactoria"*.

Los religiosos, lejos de molestarse por el claro razonamiento que en otra boca hubiera podido sonar como una atrevida blasfemia, sonrieron, antes que el obispo respondiera.

–Efectivamente jovencito, como muy bien has señalado, hay razones que la mente no llega a comprender, porque es por otros caminos que se puede llegar a hacerlo. Así como la ciencia es una forma de conocer la realidad, la fe es otro modo de llegar a la verdad.

–¡Jesús Maggo! –interrumpió finalmente la voz de Ana– hace un rato largo que te estoy buscando, ¡estaba preocupadísima por ti!, y más deben estarlo por nosotros tu madre y tu abuelo. Disculpe, Padre –dijo mirando al obispo– disculpen todos.

–No hay problema señora, ha sido un gusto tener la compañía de este jovencito tan inteligente –respondió el obispo con afabilidad.

–Perdón abuela. Pero tenía que ocuparme de los asuntos de mi padre –le dijo Jesús.

–¡Jovencito!, no te pongas impertinente ahora.

–Está bien, vamos a la casa abuela. Pero si Dios es el padre de todos, entonces no hay impertinencia en que le diga padre mío, así como no la hay en llamarlo padre nuestro.

Esa respuesta la desarmó y no pudo evitar que una sonrisa de abuela le iluminara el rostro. Se despidieron de los religiosos, y volvieron a la casa, donde, efectivamente, Joaquín ya se aprontaba a salir en su búsqueda. Inventaron una excusa para la tardanza, y tuvieron una de las mejores nochesbuenas de su vida.

Agosto del 84' fue la fecha del retorno al querido y anhelado país. Decidieron volver para poder votar en las elecciones que se llevarían a cabo en noviembre. Jonás, que para entonces ya era casi centenario, cumplió su promesa y mantuvo la casa durante la forzada ausencia del hijo, la nuera, la nieta y el bisnieto. Padre e hijo se fundieron en un abrazo callado, que decía en su silencio todo lo que las palabras no podían expresar.

Jesús recibe el llamado

Así fueron pasando los años, y el joven Jesús iba creciendo física, intelectual y espiritualmente, haciéndose cada vez más grato a los ojos de Dios, los hombres, y, sobre todo, de las mujeres. Pese a su popularidad con el sexo opuesto se mantuvo casto hasta casi los 17 años, y su debut sexual no fue, como el de tantos otros compañeros de su edad, con alguna experimentada meretriz ansiosa por culminar con el intercambio de un rato de placer por una retribución monetaria. Tampoco fue con una chica de mayor experiencia deseando enseñar las artes amatorias a un joven muchacho.

No, su debut fue con una compañera de clase, que también era vecina y amiga del barrio, una templada noche de noviembre que coincidieron en una fiesta del liceo. La atracción recíprocamente sentida y ocultada, esa noche fue liberada por obra y gracia del alcohol, todo lo que ambos habían callado durante los años de clase juntos quedó dicho cuando sus cuerpos se encontraron bailando pegados el uno al otro, sin importarles la música que en ese momento estaba sonando. Él le robó un beso… que ella se dejó robar con gusto. Ella luego le besó el cuello mientras él acariciaba sus curvas de incipiente mujer… ella lo tomó de la mano y juntos, como pudieron, entre beso y beso, hicieron las 2 cuadras hasta la casa de ella. Entraron sigilosos y callados como un piel roja, y una vez en su cuarto se abandonaron al delirio místico provocado por la ardiente fusión de sus cuerpos y los jadeos vividos de a dos. Temprano por la mañana, luego de confundir sus bocas en un beso lleno de canibalesca avidez, él salió por la ventana.

1988 fue un año especial para la familia Maggo: a fin de año Jesús cumplió la mayoría de edad y culminó exitosamente los años de educación liceal, Sara inició una relación con un vecino del barrio, viejo amor de años más primaverales, que alegró especialmente a Ana quien siempre había visto al muchacho como un *"buen candidato"* para su hija. Pero lo mejor de todo aconteció el 29 de marzo, ese día, Jonás festejó sus primeros 100 años de vida. Para tener tan avanzada edad, el anciano exhibía una lucidez mental y vigor físico inusitados, de hecho, ese mismo día provocó un caos familiar al desaparecer durante varias horas sin que lo pudieran ubicar. Resulta que todas las mañanas, cerca del mediodía, acostumbraba ir al bar de la esquina, tomar un vaso de vino (o de whisky, o de grapa, según ameritara la ocasión) y leer el diario; pero esa mañana, los parroquianos del boliche, luego del brindis, se llevaron al cumpleañero a un queco de Pando, eran 7 y todos se atendieron... Jonás por tres veces. Lo dejaron en la casa a las cinco de la tarde, y huyeron rápidamente al ver la cara de Ana y oír los rugidos de Juana que venía del fondo de la casa. Esa noche terminó el festejo con un asado, acompañado por sus 5 hijos, nietos y bisnietos.

Al año siguiente Jesús comenzó sus estudios universitarios. Si bien le costó decidirse, ya que pretendía seguir una carrera que tuviera una vocación social, optó finalmente por estudiar Derecho, luego de descartar Psicología y lamentarse por no poder elegir Medicina. Se conformó pensando que una vez recibido podría ser Defensor de Oficio y así, defendiendo a quienes no pueden pagar un abogado, darle el sentido social que le interesaba, o tal vez ser Juez, y tener así la posibilidad de aplicar e interpretar normas en forma garantista.

Los años pasaron y el joven completó una carrera brillante... pero ese mismo éxito académico, los múltiples elogios recibidos, las miradas incrédulas y las que decían *"pobre, está loco"* cada vez que contaba sus planes e ilusiones juveniles, y muchas ofertas tentadoras en el plano económico; terminaron por lograr que dejara de lado esa idea inicial, y él mismo buscaba falsas excusas pretendiendo justificarse sin haber sido acusado por nadie, excepto por su propia memoria, que es el Juez más implacable de cuantos tenemos, y el único del que no podemos huir ni comprar.

Así fue como empezó a trabajar en un gran estudio jurídico, de esos que tienen sus oficinas en la Ciudad Vieja y nombre de apellidos compuestos.

Ese tiempo de trabajo (poco más de cuatro años) había bastado para provocarle un inusual desasosiego, un sordo sentimiento de fracaso, como si hubiera encallado en costas estériles. En el transcurso de ese lapso de tiempo fue perdiendo su habitual alegría y optimismo, mientras se iba volviendo más taciturno y mustio. Tal vez lo peor de todo era que él sabía perfectamente cual era la causa de ese abrupto cambio, y sin embargo no hizo nada por impedirlo... hasta aquella lluviosa tarde de aquel octubre de 1999, claro. Fue el día 28.

El aguacero se desató sin previo aviso aquella tarde, espectacular hasta entonces, y encontró a Jesús caminando en plena avenida 18 de Julio. Recién había terminado de hacer unas vueltas de oficina, cuando comenzó aquella primaveral tormenta que lo agarró desprevenido, como al resto de los peatones. Maldiciendo entre dientes apuró el paso, bajó la vista y embistió –cual toro de lidia– hacia la Ciudad Vieja, atropellando y esquivando a su paso otros transeúntes igualmente testarudos en su a-fán por mojarse un poco menos.

Avanzó de esa manera unas cuantas cuadras, hasta que, repentinamen-te, chocó contra una formidable fuerza opuesta, que lo hizo tropezar de espaldas y caer al piso: se trataba de un voluminoso abdomen.

Estuvo un ratito ahí, tirado en el piso, mascando esa incómoda sen-sación mezcla entre bronca y vergüenza que en esa fracción de tiempo lo dominó, hasta que comenzó a disiparse y decidió levantarse.

Fue en ese preciso instante, que en un rapto de súbita clarividencia, por primera vez en muchos años miró a su alrededor con todo su ser, y no solo con sus ojos, igual que cuando era niño (y como tantas veces lo hizo con su vecina), pero en ese momento le disgustó profundamente lo que vio. Lo que más amargura le produjo fue su vestimenta, siempre se había sentido incómodo de traje y corbata, pero había terminado por a-ceptar, resignadamente, que en su trabajo la apariencia estética la enorme mayoría de las veces importaba más que la capacidad y el talento per-sonales; vio luego a la muchedumbre que atropelladamente iba en una u otra dirección, pechándose, esquivándose y empujándose para ganar unos pocos metros y escasos segundos, como si la vida se les fuera en ello. Y pudo observar otro enorme montón de gente apiñada como ganado en los ómnibus del transporte colectivo, también a conductores en sus autos particulares haciendo maniobras tan audaces como insensatas para adelantar otros autos, cruzar algún semáforo, o ganar un lugar donde es-tacionar.

Ese día se dio cuenta que se había dejado domesticar. Que había dejado de ser, para parecer. Persiguiendo expectativas e ilusiones ajenas, se había ido perdiendo a él mismo.

(*Somos como reos encerrados en una prisión que se conforman con que los dejen salir un par de horas al día al aire libre. La diferencia es* *que los reos son conscientes de su situación. No, **lo nuestro es aun peor**... somos como los hamsters encerrados en una jaula, cuyas vidas transcurren entre la necesidad de alimentarse y girar en la ruedita*). Se desanudó la corbata y la tiró al suelo. Se descalzó y chapoteó en el agua como un niño, ajeno a todo y a todos. Se sentía liberado, aliviado, y feliz. Secretarias y compañeros de trabajo se asombraron al verlo entrar en la oficina, empapado, descalzo y sin corbata. Primero pensaron que lo habían asaltado, pero luego, al ver su rostro despreocupado y su andar alegre, llegaron a la conclusión de que se había vuelto loco. Hecho que fue confirmado más tarde, cuando se enteraron de que había presentado su renuncia irrevocable, y tan campante como había entrado se marchó.

–Vengo a decirles que renuncio. Este empleo me resulta francamente tedioso, porque me impide desarrollarme como realmente quisiera. Y me he dado cuenta que eso, no hay dinero que lo valga–. Esas fueron sus breves y contundentes palabras. No sabía como ni de que iba a vivir, pero sabía que había hecho lo correcto y eso lo llenaba de orgullo.

Luego de cobrar su último sueldo, decidió que necesitaba un par de días para sí mismo, alejado de la pesada cotidianeidad de la ciudad y su ritmo agobiante. Metió un montón de ropa en una mochila, algunos libros, incluido *Harry Potter y la piedra filosofal* que hacía poco se había comprado; tomó su bolsa de dormir, algo de dinero, y sin saber bien por qué, a último momento decidió llevarse con él los tres regalos que hacía tantos años atrás le habían dejado los payasos al pie de su cuna: el vino, los sahumerios y el extraño papelito.

Se fue sin destino fijo, empezó haciendo dedo hacia el Este porque quería estar cerca del mar, sentarse en la arena a pensar y reflexionar que iba a hacer de su vida de ahí en adelante, ajeno al resto del mundo y sus diarias preocupaciones. Luego de que un conocido de su abuelo lo llevara hasta Salinas, Jesús decidió que el día estaba demasiado hermoso como para desperdiciarlo en la ruta. Se fue hasta la playa y siguió caminando por ahí. De tal modo siguió avanzando los días siguientes: cuando se cansaba de la ruta iba hasta la costa, comía frugalmente –sobre todo frutas–, y donde lo agarraba la noche tendía su bolsa de dormir.

Finalmente, al despuntar la mañana del séptimo día desde la partida, un camionero lo dejó en la ruta 10, exactamente en el camino de entrada a Valizas. Aunque desde su nacimiento no había vuelto al lugar, nada de lo que vio le pareció extraño ni desconocido, sino más bien todo lo contrario... de una acogedora familiaridad, como si en aquellos pocos días de vida se hubieran adherido prodigiosamente a su memoria portentosa las primeras imágenes captadas por sus ojos curiosos y exploradores. Recordaba, incluso, sucesos, personas y sitios previos a su nacimiento, algo así como una especie de memoria ancestral heredada, como de animal migratorio. El corazón le palpitó con frenesí cuando al entrar al pueblo pasó por el rancho donde nació, y no pudo evitar una melancólica sonrisa.

Disfrutó caminar por esas calles polvorientas, en ese pueblo bucólico y apacible en que el tiempo parecía transcurrir más lento, mucho más lento que en la ciudad... lo apreciaba en sus ranchos, en sus callecitas polvorientas y arenosas, en los pocos comercios, en la casi total ausencia de dependencias estatales (salvo por la escuela y la comisaría), en las noches alumbradas solamente por la luna y las estrellas (notó como allá parecían iluminar más que en las ciudades), en la callada mansedumbre de su gente, en la devoción casi religiosa por las siestas...

Decidió terminar su peregrinación allí, y se instaló en un precario rancho de madera sobre la costa, que estaba abandonado desde que una murga se había marchado en febrero de 1970. Era una tosca construcción hecha con desiguales tablas costaneras, la habitación principal servía al mismo tiempo de comedor y cocina, una ventana, situada sobre la parte que oficiaba de cocina, le brindaba la escasa luminosidad interior. Su marco, pintado en un verde deslucido, contrastaba con el negro del resto de la construcción. Un corto y estrecho corredor llevaba al dormitorio del fondo. Una pequeña escalera, que crujía peligrosamente, llevaba a otro dormitorio arriba, aunque tenía más de altillo que de pieza habitable. El baño, en realidad poco más que un pozo negro, era una letrina que estaba a unos metros del rancho.

En los días siguientes dedicó la mayor parte de su tiempo a refaccionarlo y dejarlo en condiciones de habitabilidad. Pese a que no disponía ni de luz eléctrica ni de agua corriente, se sintió muy satisfecho cuando terminó de acondicionarlo, y en ningún otro lado se hubiera sentido más cómodo que en su nuevo hogar. Incluso se sorprendió gratamente al percatarse que la precariedad que se intuía exteriormente, daba paso a una insospechada amplitud interior.

Para comienzos de diciembre ya era un vecino conocido en el pueblo, y se había adaptado tanto a las costumbre locales que hasta había adoptado la forma de hablar castiza de los rochenses. Inesperadamente, encontró allá la vocación social de su profesión, brindando servicio gratuito de asesoría y patrocinio legal a los pescadores artesanales, pequeños productores rurales, y a los pocos comerciantes de la zona; quienes, cuando podían, le retribuían sus servicios con el producto de su trabajo. Cuando las noches estaban agradables se juntaba a pescar a la encandilada con otros lugareños, y cuando no, se juntaban en algún rancho a realizar tertulias tan prolongadas como amenas, divagando hasta el amanecer sobre los más diversos temas en medio de vino y porros.

Aconteció que cierta noche de diciembre, una de esas tertulias terminó bastante más temprano que de costumbre. Volvió hambriento a su rancho, buscó en la alacena y solo encontró unas pocas y viejas galletas saladas que devoró con un ansia bestial. No fue suficiente para calmar su apetito, y siguió buscando algo más. Encontró un paquete de fideos, lo abrió y metió los fideos en una olla con agua que puso a hervir sobre una garrafa. Mientras esperaba que estuvieran prontos, encontró, distraídamente, el viejo papelito multicolor regalo de los payasos, y con la indiferente seguridad que brinda la embriaguez, se lo llevó a la boca.

Al cabo de un rato comenzó a sentirse levemente mareado, en un estado similar a una dulce ebriedad, que lo llenaba de una profunda sensación de desprendimiento. Cerró los ojos un breve instante, y en su mente surgieron una sucesión de fantásticas imágenes caleidoscópicas de formas herméticas. Abrió los ojos un instante y los volvió a cerrar… y contempló entonces una profusión de visiones de un colorido abrumador que se alternaban incesantemente, hasta estallar en explosiones de color, para volverse a formar. Sintió como su mente salía de su cuerpo y lo miraba desde arriba, al tiempo que experimentaba una placentera sensación de ingravidez, en la que su voz se tornó una con el sonido del mar.

La sensación duró hasta que nuevamente abrió los ojos. Esa vez, todo lo que miró a su alrededor le pareció distorsionado, como envuelto en una ondulación perfecta en un universo curvo. De repente… escuchó una música clara y fuerte que sonaba afuera del rancho y lo incitaba a salir. Salió y notó que la música que estaba oyendo en su cabeza venía de la acacia que estaba frente al rancho, al borde del médano antes de la playa. Se sorprendió al encontrarse tan pronto frente a ella, porque pese a que sabía que de alguna forma había caminado hasta allí, su sensación era de haber caminado sin avanzar.

No solo estaba sonando una música, sino que en ese momento pudo escuchar claramente como la acacia, con una voz que parecía de planta de menta, estaba cantando *"Help"*:

> *"Help! I need somebody*
> *Help! Not just anybody*
> *Help! You know I need someone*
> *Help*
>
> *When I was younger, so much younger than today*
> *I never needed anybody's help in any way*
> *But now these days are gone, I'm not so self assured*
> *Now I find I've changed my mind I've opened up the doors*
> *Help me if you can I'm feeling down.."*

La acacia interrumpió abruptamente la canción cuando notó la presencia de Jesús, o eso fue lo que él creyó en ese momento, porque estaba convencido que el árbol tenía algo que decirle. Súbitamente, la acacia comenzó a arder con un fuego multicolor que no quemaba, y sin saber por qué, el corazón le rebosó de gozo.

"¡Jesús, Jesús!, ¿me oyes?", una voz que salía de la acacia le había hablado. Primero pensó que estaba delirando. Una cosa era escuchar a la acacia cantar *"Help"*, pero otra muy distinta, más allá de cualquier delirio alucinógeno, era que el mismo árbol dejara de cantar para hablarle directamente y encima supiera su nombre. Pero se convenció que el árbol realmente le estaba hablando cuando le dijo: *"no, no estás loco ni soñando. Estás drogado, pero esto es tan real como el aire que respiras"*.

–¿Quién o qué eres?, ¿y qué quieres de mí? –preguntó.

–Yo soy tu padre. Soy el Dios de Abraham, el Dios de tu tocayo, y también el de Mahoma. Escúchame bien, te he elegido para que cumplas una misión fundamental, una que solo tú puedes cumplir: quiero que le lleves mi palabra a las gentes de todos los pueblos.

–¿Y porqué yo, Señor?, ¿por qué me honras con esta confianza que no merezco? Ni siquiera soy bautizado.

–Precisamente por eso… y porque eres hijo mío, yo estaba presente la noche en que fuiste engendrado, yo te di la vida tanto como tu padre y tu madre.

–¿Cómo podría ser eso?... ¡no, no!... ¡estoy drogado!... ¡esto es una alucinación!

–¿No recuerdas lo que le dijiste a tu abuela en Veracruz?

–¿QUÉ?

–Una Noche Buena, cuando tenías 10 años, ¿acaso no le dijiste a tú abuela?: *"Perdón abuela. Pero tenía que ocuparme de los asuntos de mi padre"* –la voz divina repitió literalmente las palabras dichas hacía tantos años, pero había algo más perturbador aun... la voz había sido la de él–.

Atemorizado, se postró frente a la acacia:

–¿Y en qué consiste mi misión?, ¿qué debo hacer para satisfacerte? –preguntó por fin.

–Lo primero es ser bautizado. Acude al cura de acá, quien te bautizará con agua del arroyo. Del resto, ya te enterarás.

–Señor…tengo una duda: ¿cómo haré para hablar en tu nombre?, ¿acaso no me tildarán de loco?, ¿no seré acusado de hereje?

-No te preocupes, cuando hables yo te daré las palabras adecuadas y estaré contigo, como estuve aquella vez en la catedral de Veracruz. Habrás de decirle a la gente *"El que es"* me ha enviado a ustedes.

–Esteeee… una última cosa…

–¿Sí?

–¿No te parece poco original repetir esto del arbusto ardiendo?

–¿¡Estás cuestionando mis métodos!?...

–¡No!... para nada. Solo quería saber por qué no elegiste otra manera.

–Como dice ese refrán humano: más vale bueno conocido, que malo por conocer.

–¿Y por qué *"Help"*?

–¿Acaso piensas que hice a los Beatles más famosos que Cristo por nada?... ¡adiós, hijo mío y recuerda mis palabras!

Así, tan repentinamente como había empezado, el fuego desapareció y la voz se marchó. Jesús entró de vuelta al rancho, apagó la garrafa que había dejado encendida, pero no se molestó en sacar los fideos de la o-lla, y se tiró en su catre a dormir. Dos días con sus noches durmió, y despertó a la madrugada del tercer día completamente renovado mental y espiritualmente, aunque experimentó cierto cansancio físico. Lo único que recordaba de la noche en que recibió el llamado, era, precisamente, su conversación con Dios en la acacia ardiente.

El bautismo

Por ese tiempo, ejercía el ministerio en el lugar un diácono bastante singular: predicaba la penitencia y la inminente llegada de un nuevo mesías al mundo, en vez de realizar las misas en la pequeña capilla, las celebraba a orillas del arroyo, cerca de la desembocadura con el océano, y ahí mismo, celebraba los pocos bautismos que habían. Como los locales nunca supieron su nombre real (nunca le preguntaron y él nunca les dijo) en un momento a alguien se le ocurrió apodarlo "Juan el Bautista" y al poco tiempo todos comenzaron a llamarlo así, inclusive al propio afectado parecía gustarle, porque luego de enterarse del apodo, todas las mañanas cuando iba al arroyo, iba llamando: *"¡vamos! ¡vamos ciudadanos de Valizas, si quieren estar preparados para el Mesías que pronto viene, vengan con el Bautista a zambullirse en el arroyo!"*. Tampoco se supo nunca ni de dónde venía, ni cómo llegó a esa Iglesia olvidada por las autoridades eclesiásticas.

Acudió Jesús a él, obedeciendo la indicación recibida de Dios en su visión. Su aspecto resultaba bastante peculiar: con su barba y cabello canosos, con la túnica alguna vez blanca que se había vuelto gris con el tiempo y la falta de lavado, y con sus sandalias gastadas, parecía uno de aquellos ascetas cristianos del desierto. Pero no fue eso lo que más le llamó la atención sobre el misterioso sujeto, si no la extraña forma en que su presencia parecía afectar la conducta de los animales. A su paso aullaban los perros lastimeramente, se escabullían los gatos, enloquecían las gallinas, piafaban inquietos los caballos, y los cerdos dejaban de comer. Además había algo en sus ojos... esos ojos marrones parecían prematuramente envejecidos, como si pertenecieran a alguien más viejo, mucho más viejo de los sesenta y tantos años que aparentaba *"Juan el Bautista"*.

Una vez en el arroyo procedieron con el rito, finalizando con la inmersión de Jesús en sus aguas. De repente, se estremecieron las aguas, y sacando su cabeza, un cardumen de peces pasó. Del cardumen, un pejerrey saltó fuera del agua, lleno con la inspiración del Espíritu Santo y habló así: *"este es mi Hijo, el amado, al que miro con cariño"*. Solo ellos dos fueron testigos del prodigio.

Habiendo visto tal cosa, *"Juan el Bautista"* invitó a Jesús a ir hasta la cima del cerro de la Buena Vista, un promontorio rocoso de 90 metros de alto, casi completamente cubierto por arena, que se yergue majestuoso entre Valizas y el Cabo Polonio. La arena, sacudida por el viento, les golpeaba los tobillos como un látigo mientras subían, pero una vez en lo alto, ambos contemplaron fascinados el magnífico escenario bajo sus pies: los imponentes médanos que señalan la entrada al Polonio, las casitas de pescadores de los dos pueblos, diminutas y frágiles, las ensenadas que forman las playas norte y sur del Polonio, el continuo arco de arena que forma el desplayado entre Valizas y Aguas Dulces, esta última, apenas distinguible desde allá, el imponente faro del Cabo, el serpenteante recorrido del arroyo, los miníúsculos botes de los pescadores en el mar. Todos ellos pequeños trozos de un todo, que hacían a la mansa perfección del conjunto… nada sobraba, nada faltaba.

Volviéndose hacia él, el cura lo miró con una sonrisa afable que no dejaba de tener algo de la fría cordialidad de los diplomáticos. *"Así que tú eres el que tanto tiempo he estado esperando".*

–¿Perdón? –preguntó sorprendido.

–Hace tiempo que esperaba tu venida, Jesús Maggo –su tono de voz era de un profundo respeto, admiración incluso.

–Vámonos de acá, creo que el sol ya te afectó demasiado la cabeza.

–¡No!, por favor joven muchacho, debes creerme. ¿Acaso tu padre no te envió conmigo para que fueras bautizado?

–¿Cómo sabes eso? –lo miró, asombrado.

–Tu padre… me contó de ti y me encomendó ponerte al tanto de tu misión.

Jesús lo miró extrañado, sin decir nada, pero su mente solo estaba llena de duda y le parecía que miles de agujas al rojo vivo le estaban pinchando la cabeza en ese momento.

–Está bien que seas desconfiado. Pero convengamos que si no estuviera al tanto de quien eres, y de la misión que te espera, no podría hablarte así –intentó tranquilizarlo *"Juan el Bautista"*.

–Psi... no sé... los pobladores dicen que estás loco de remate –le contestó Jesús, dubitativo.

–Jajaja... es cierto –rió despreocupadamente su interlocutor– pero ya sabes que la gente es mala y comenta. Más sobre quienes nos apartamos de los convencionalismos.

—Dime: ¿quién o qué eres?, ¿un ángel acaso?, ¿o un profeta enviado por mi padre? –el tono de voz de Jesús tuvo más de orden que de pregunta.

—Mmmmm –suspiró *"Juan el Bautista"*– me han llamado muchas cosas a lo largo de mi vida, y créeme que han sido muuuuuuuuuuuuuuuchas cosas… pero es la primera vez que me preguntan si soy un ángel o un profeta. Lamento decepcionarte pero la respuesta a ambas es NO.

—No me decepcionas para nada, pero sigo esperando que me digas quién eres.

—Ni yo mismo lo recuerdo bien. Así de viejo soy. Muchos a lo largo de los siglos me han llamado por diferentes nombres: Cartafilo, Asuero, Samer, Larry el caminante, Juan Espera en Dios, y más recientemente *"Juan el Bautista"*.

Hizo una pausa para tomar aire y siguió:

—He estado en incontables lugares en casi todos los continentes a lo largo de muchos siglos, y tratado con más gente de la que puedo recordar. Estuve en Ur cuando era un pueblucho de no más de diez chozas de barro, vi a Sodoma y Gomorra arder con la furia divina y a la mujer de Lot transformada en estatua de sal, fui escriba en Egipto, marino en Tiro, mercader en Atenas, soldado de Aníbal, vi a Roma crecer y derrotar uno a uno a todos sus enemigos y conquistar casi todo el mundo conocido. Escapé de Constantinopla en el año 1452, visité unos amigos en Hamburgo en 1547, de ahí me fui a España, luego a Viena y de ahí a Praga. Bruselas me gustó tanto que la visité cuatro veces entre 1640 y 1912, también he andado por París, Leipzig, Astracán, Munich, Toledo, Nueva York, Quito, Caracas, Bogotá, y más recientemente... Valizas.

Vio que Jesús lo estaba escuchando con atención:

—Pero más allá de esos nombres, en todos esos lugares siempre me han llamado *"Judío Errante"*, pese a que solo la mitad de ese sobrenombre es cierta.

—El *"Judío Errante"* –repitió él con incredulidad.

—Sí, pero como dije recién, solo la mitad de ese mote es cierta.

Jesús meneó la cabeza, intentando sacudir el embotamiento: *"¿Y cuál sería la parte cierta y cual no?"*.

—Evidentemente, la parte cierta es la de errante. Por tanto, la parte que no es cierta es la de judío.

–No eres judío entonces.

–No tengo el honor. Soy anterior al surgimiento de la primera religión abrahámica.

–¿Vas a terminar de decirme de una buena vez quién eres sin tantos rodeos?

–Caín... ese es mi nombre real, así me llamaron mis padres.

–¿Caín?... ¿Caín?... espera... no puede ser. ¿Estás queriendo decirme que eres ESE CAÍN?

–Sí, ESE Caín...

–El asesino de su hermano –lo interrumpió Jesús bruscamente.

–El mismo –Caín evitó su mirada.

–¿Entonces como puedes decir que mi padre te ha enviado?

–Por favor Jesús Maggo, no seas duro conmigo. Es cierto que soy un pecador. Asumo que cometí un crimen terrible, pero si de algo sirve, en aquel momento no sabía lo que hacía. Hasta que maté a Abel, no había muerto nadie que no fuera por causas naturales. Cuando golpeé con furia, con rabia a mi hermano... yo... yo solo quería lastimarlo... quería de alguna manera sanar mi orgullo lastimado, lastimándolo a él. Sentí unos celos que me quemaron las entrañas. Pero nunca... NUNCA sospeché que podía pasar lo que pasó. Y desde entonces he vivido para intentar redimirme, expiar ese crimen.

–Lo que dices no tiene sentido. Aun si te creyera, y ya de por sí es difícil, hace varios milenios que cometiste el asesinato. ¿Qué clase de dios terrible y vengativo te obligaría a vagar por la tierra durante... cuatro o cinco mil años, por haber cometido un asesinato? Hace miles de años deberías haber alcanzado la redención.

–Yo mismo me lo cuestioné durante algunos siglos... –suspiró– te mentiría si te dijera que en varios momentos de esta vida extraordinariamente prolongada no me sentí cansado, fatigado. Lloré lágrimas de sal. Desee que llegara esa muda seductora, la Muerte, y terminar todo con su beso azul. Pero en un momento me di cuenta que lo que me dijo tu padre *"vagarás eternamente sobre la tierra"* es una condena solo sí yo la tomo como tal. Entonces decidí convertirme en un instrumento suyo. Dejé de lamentarme, dejé de odiarlo, de odiar la memoria de mi hermano, y de odiarme a mí mismo, y tomar el tiempo que se me ha dado como una bendición, usarlo positivamente. Ya sabes lo que dicen Jesús: *"Dios trabaja de manera misteriosa".*

–En eso al menos tienes razón. Supongamos que te creo: ¿qué quieres de mí?

–Qué quiere ÉL de ti –lo corrigió.

–Qué quiere de mí...

–Renovar el mensaje. El mensaje de Jesucristo ha sido mal interpretado por la mayoría de las personas. O eso, o ha sido olvidado. Francamente no sé que es lo peor. Él predicó amor, y sin embargo lo que tenemos son cada vez más guerras. Él predicó el desapego a los bienes materiales, y sin embargo, el consumismo avanza cada día más y más. Él predicó valores como la solidaridad y la fraternidad, y sin embargo, vivimos en un mundo cada vez más individualista y egoísta. Él predicó en contra de la arbitrariedad de los poderosos, y sin embargo, los poderosos tienen cada vez más poder mientras que los débiles son cada vez más débiles. La humanidad se ha alejado de lo espiritual para enfocarse en lo material, en cosas perecederas... hasta en la religión pasa si te detienes a pensarlo un poco. Es aquello de *"no sé lo que quiero, pero lo quiero ahora".* Lo que tu padre pretende de ti, es que le hables a la gente y le lleves nuevamente su mensaje, un mensaje universal, no solo para los católicos o los cristianos… también para los ateos, los agnósticos, los judíos, los musulmanes, y los que profesen cualquier otra religión. Un mensaje universal, como intentó ser el de Jesucristo.

–¿Por qué yo?

–Porque eres su hijo. Y además, porque le gustan los retos, las dificultades. Hace 2.000 años fue un niño nacido en un pesebre, de una madre virgen, en un rincón pobre y árido del Imperio Romano. Siglos después fue un mercader nacido en una ciudad que queda en medio de un inmenso desierto. Mucho antes, un niño salvado de las aguas del Nilo. Hoy, es el hijo de una madre atea, nacido en un diminuto pueblo costero que se convierte en guarida de hipillos todos los veranos, y para mejor, queda en un país laico en la periferia olvidada de este planeta azul.

Entonces, habiendo dicho esto, se marchó Caín tan rápidamente que Jesús no pudo seguirlo. Volvió al rancho con el espíritu inquieto por el inesperado encuentro y las revelaciones, y se encerró a meditar.

Jesús comienza a predicar

Durante tres días con sus noches se mantuvo encerrado en el rancho dedicado a la meditación, ajeno al mundo. Hasta que sintió necesidad de su familia, se acercaba la Navidad, que también señalaba la proximidad de su cumpleaños, y hacía más de un mes que no los veía; por eso, cuando se enteró que su abuelo estaba muy enfermo, sin dudarlo volvió a Montevideo.

Fueron esas, unas fiestas nostálgicas y serenas, las últimas que pasarían todos juntos. Joaquín falleció el 28 de diciembre de ese año, el tercero de los hermanos en irse del mundo, así como había sido el tercero en llegar. El tercero que el padre debió velar.

Jesús pasó varios días más acompañando a su madre y abuela, retrasando el momento inevitable del comienzo de su misión, hasta que, el 7 de enero del año 2000, partió, una madrugada fresca y dulce como la pulpa de una sandía, escabulléndole a la amarga obligación de la despedida. Les dejó un beso tierno a las dos mujeres mientras dormían, y una carta en la mesa del comedor, y salió de la casa sin atreverse a mirar atrás.

Volvió a Valizas y se dirigió inmediatamente a la pequeña Iglesia que se encuentra a la entrada del pueblo. La encontró abandonada, no había ni rastros de *"Juan el Bautista"*, y ninguno de los lugareños supo decirle que había sido de él. Lo único que encontró en el templo fue una vieja biblia que abrió desinteresadamente, y encontró el pasaje del Evangelio de San Lucas que dice:

"El Espíritu del Señor está sobre mí, por el que me consagró.

Me envió a traer la Buena Nueva a los pobres, a anunciar los cautivos su libertad y a los ciegos que pronto van a ver.

A despedir libres a los oprimidos y a proclamar el año de la gracia del Señor.

Jesús, entonces, enrolla el libro, lo devuelve al ayudante y se sienta. Y todos los presentes tenían los ojos fijos en él. Empezó a decirles 'Hoy se cumplen estas profecías que acaban de escuchar'".

Comenzó desde entonces a predicar por la zona. Un día recorría Valizas llevando inspiradas palabras de redención y cambio. Otro, cruzaba las dunas inmemoriales y predicaba en el Cabo Polonio. Y en otras jornadas, iba hasta Aguas Dulces a enseñar el mensaje. Por donde fuera que anduviera todos aquellos que lo oían quedaban maravillados de la autoridad con que hablaba esa voz que sonaba a grapamiel.

Algunos de quienes lo escucharon, lo siguieron un día hasta el rancho donde vivía en Valizas. Lo encontraron afuera tomando mate. *"¿En que los puedo ayudar?"*, les preguntó al verlos.

–Queremos hablar contigo. Te hemos escuchado predicando y hablando con la gente, y queremos saber más –dijo uno de ellos, llamado Andrés.

Los invitó a sentarse, y pasaron el resto del día charlando y tomando mate.

Al día siguiente se acercó hasta la costa del arroyo, donde estaban los pescadores y les dijo: *"Síganme, que los haré pescadores de hombres"*, y la mayoría de los pescadores se rieron en su cara. Solo Andrés, y su hermano Simón quedaron en silencio…

Así sucedió durante 6 días consecutivos, hasta que al séptimo día, finalmente, ante el asombro del resto, Andrés y Simón dejaron todo y lo siguieron. También se les unió Petra, que se ocupaba de limpiar al pescado para su venta. Ellos fueron sus tres primeros discípulos.

También se les juntó Francisco conocido como el *"Sanabichos"* por su profesión de veterinario, y así hasta que llegaron a ser 12 en total quienes lo seguían lealmente allá por donde anduviera predicando. Diego era el mayor de todos y Benedicto Espinosa, alias Benito, el menor. Estaba al que simplemente llamaban Lalo, y de tanto llamarlo así olvidaron su nombre. Adán y Eva, una pareja de artesanos que todos los veranos pasaban allá. Paola y Natalia, dos amigas, estudiante de psicología la una, profesora de literatura la otra. Y, finalmente, Judas Queirot.

El resto de la gente, quienes no podían o no querían escuchar su palabra, miraban con sorna al grupo y su líder, que ahora parecía realmente un mesías del Nuevo Testamento, con su larga y enrevesada cabellera, y la densa barba negra. El aspecto general lo completaban el pantalón y camisa de lino –tipo hindú– que solía vestir, las chanclas negras que usaba como todo calzado, y la matera con la figura del Che que indefectiblemente llevaba siempre colgando de su hombro derecho. Los turistas lo veían como un personaje folclórico y se acercaban a sacarse fotos con él.

El primer milagro de Jesús

Pocos días después se efectuó en Montevideo la boda de Sara, su madre, y José, aquel viejo amor de cuadra con el que estaba saliendo desde 1988. La celebración se desarrollaba con la alegría profana de todas las bodas, pero en cierto momento se terminó el whisky. Sara buscó con la mirada a su hijo hasta que logró captar su atención

–¿Qué pasa madre? –le preguntó tiernamente al ver su rostro preocupado.

–Se terminó el whisky. Y no queremos que los invitados se enteren.

–¿No queda nada de nada?

–Nada.

–Déjame ver que se puede hacer.

Fue hasta la cocina y le preguntó a un mozo: *"Dime, ¿es cierto que no queda nada de whisky?"*.

–Sí, es cierto. Se calculó mal la cantidad, y ya se terminó todo el que se había comprado.

–¿Hay algún comercio abierto a esta hora donde se puedan comprar algunas botellas?

–De repente podríamos intentar en un 24 horas. Pero está vigente el decreto que prohíbe vender alcohol de las 12 de la noche hasta las 6 de la mañana.

–Mmm..... tienes razón. ¿Y nada pero nada de whisky queda?

–Nada de nada... del que se había comprado...

–Entonces me estás diciendo que puede haber otro.

–Esteee... sí, recién me acordé. En el depósito que hay al fondo, hay varias botellas de whisky. ¡Pero es un whisky terriblemente berreta!

–¿Se puede tomar?, ¿es bebible?

–Supuestamente sí. Pero yo no me arriesgaría. Mire que cuesta menos de 80 pesos el litro. ¿Usted tomaría un whisky llamado Robert Black?

–¡Uuuhhh! Sí, te entiendo. Pero tal como yo lo veo, si no queremos que los invitados empiecen a molestarse, es mejor arriesgarse con el berreta. Vamos a hacer esto: ¿tienen las botellas del escocés que venían sirviendo?

–Sí, todas.

–¡Perfecto! Esto es lo que quiero que hagan tú y tus compañeros: pongan el whisky berreta dentro de los envases vacíos del otro. Y cuando lo hayan hecho avísenme.

Los mozos se apresuraron a cumplir con el encargo de Jesús, de modo tal que en poco menos de cinco minutos habían realizado la operación de intercambio casi sin desparramar una gota del ambarino líquido.

–¡Muy bien!, ¡muy bien! Ahora, llamen a su jefe a que pruebe el whisky.

El jefe de los mozos, que no sabía nada del intercambio, se sorprendió al ver que lo esperaban con un vaso de whisky. Dubitativo, tomó un primer trago. Luego de saborearlo un instante, lo tragó y se empinó lo que quedaba del vaso.

–¡Que delicia!, ¡que buen whisky! ¿Qué marca es?, ¿dónde lo consiguieron? –exclamó cuando lo terminó.

Los mozos, que sabían perfectamente bien lo que habían acabado de hacer, se miraron entre divertidos y sorprendidos, hasta que estallaron en una unánime carcajada; pero se negaron a decirle nada. Siguieron sirviendo ese whisky lo que quedaba de la noche, y todos fueron felices con ese whisky espectacular que les estaban sirviendo.

Ese fue el primero entre los milagros que realizó Jesús, para mayor gloria del Señor en las alturas: la transformación del whisky berreta en whisky escocés. Y fue en Montevideo en el verano del año 2000.

El sermón en la playa

Unas noches después, encontrándose en la ciudad de Castillos, habiendo enviado a sus fieles a Valizas, y luego de haber cenado magramente en un barsucho de por allá, entró a una pequeña y destartalada construcción a la que se entraba por una humilde puerta de chapa pintada de verde. Una lámpara roja, estratégicamente situada encima de la puerta, señalaba la actividad que allá adentro se desarrollaba. El local se encontraba en las afueras de la ciudad, en un barrio pobre y oscuro, la población pretendía de ese modo hacer como que no existía, pero eran pocos los hombres que alguna vez no habían pasado una noche en él, y menos las mujeres que lo toleraban con una consciente indiferencia.

El interior se encontraba tenuemente iluminado, olía a jabón barato y sonaba una cumbia desvencijada en un equipo de audio que parecía fuera de lugar en ese ambiente precario. Las tres tristes meretrices, y el par de ajados parroquianos que se encontraban en aquel templo de la lujuria, se sorprendieron al ver que entre ellos estaba el joven predicador que con sus palabras de fuego sabía encender el corazón de aquellos dispuestos a oírlo.

Curiosos, se arrimaron a él, mientras despreocupadamente pedía una cerveza.

—Yo te conozco —le dijo con tono seco y cortante la madama del local— te he visto predicando y recorriendo las calles de la ciudad, hablando de Dios. ¿Qué haces ahora entre nosotros? Acá no lo vas a encontrar, ni nos interesan tus habladurías de loco. Ándate, salvo que quieras que una de las chicas te muestre como llegar al cielo —dijo, mientras una mueca irónica se dibujaba en su rostro gastado.

—¿Por qué me increpas, mujer? Solo te pedí una cerveza.

—Porque no eres el primero ni el último que en público se llena la boca hablando de Dios, de la moral, y de las buenas costumbres; y por las noches, aprovecha para escabullirse hasta acá, borrando con el codo lo que escribió con la mano.

—No te preocupes. No he venido con ánimo de aleccionar ni de juzgar a nadie, solo soy una persona sedienta.

La mujer lo miró fijamente a los ojos unos breves segundos. Se dio vuelta, abrió la heladera, y sacó una cerveza.

—Dos vasos, por favor —le dijo él.

Le dejó la botella arriba de la barra del mostrador, y le acercó los vasos solicitados. Con ritual parsimonia sirvió el líquido en ambos vasos, y le ofreció uno de ellos a la madama. *"Además"* —agregó luego de tomar un profundo trago— *"no veo porque debería juzgarlas a ustedes, ni decirles nada. No encuentro pecado ni ilicitud alguna en el trabajo de ustedes. Quienes las condenan, sin conocer su realidad, ni su situación, esos sí cometen pecado...el pecado de la soberbia, que los lleva a considerarse jueces de las vidas de los demás, sin que nadie se los haya pedido"*.

El resto de la noche, la madama, las otras mujeres, y los dos hombres, permanecieron absortos escuchando las cosas que decía Jesús, la facilidad con que las palabras fluían de su boca. Como un río cuyas aguas cristalinas y rápidas continuamente desembocan en el mar, así les pareció que les hablaba. Y al amanecer, antes de despedirse de ellos, lo invitaron a que volviera cuando quisiera.

Habiendo retornado a Valizas a media mañana, se reencontró con sus 12 fieles, quienes se regocijaron en sus corazones al verlo de vuelta, ya que estaban preocupados por su demora. El resto del día lo dedicaron a meditar y tomar mate en la playa, y por la noche, mientras disfrutaban de la cálida luz de un fogón y los vapores dulzones de varios porros, les comunicó que al día siguiente, antes del alba, pensaba ir a La Paloma, y quien quisiera de entre ellos lo podía acompañar. Esa madrugada, cuando se disponía a arrancar, se encontró con los 12 esperando el momento de partir.

Fueron por la playa y dos días les llevó la travesía, que bajo el inclemente sol veraniego y en ese paisaje desértico, se parecía bastante a un episodio del Éxodo. Varias veces a lo largo de ese par de días de pesada caminata por la esponjosa arena, sintieron el azote del calor, como si un invisible y perfecto látigo los golpeara, arrancándoles gotas de sudor en vez de sangre, y en esos momentos, en que desfallecían y deseaban volver atrás; porque los baños en el mar era apenas un bálsamo momentáneo hasta que la humedad los abandonaba… siempre en esos instantes de duda, veían a Jesús, caminando callado, solo, delante de ellos. Y eso bastaba para que apretaran los dientes, sacaran fuerzas de sus flaquezas, y siguieran avanzando.

Por eso se alegraron enormemente cuando, por fin, distinguieron al pequeño balneario de La Pedrera. Sin embargo, aun les quedaban unos kilómetros para llegar hasta La Paloma, por lo que siguieron de largo, y lo mismo hicieron por el rosario de balnearios que se extiende en la decena de kilómetros que separan La Pedrera de La Paloma. Así, al mediodía de aquel día, se encontraron en el centro de la única ciudad uruguaya sobre la costa atlántica. Por primera vez en ese par de días, pudieron descansar a salvo del sol, y aprovecharon a dormir una prolongada siesta en el bosque situado a la entrada del balneario.

Cuando se despertaron, varias horas después, se sorprendieron al ver que Jesús no estaba con ellos. Lo llamaron a gritos, pero solo el lejano eco de sus voces les respondió. Decidieron separarse en tres grupos para salir en su búsqueda: Andrés, Simón, Diego y Benito salieron hacia la zona del puerto y la cercana playa de La Aguada; el *"Sanabichos"*, Lalo, Adán y Eva marcharon al centro y la zona del Faro de La Paloma; Natalia, Paola, Petra y Judas encaminaron su rumbo a las playas situadas al oeste del balneario.

Llegaron a la más cercana de esas playas: La Balconada, un arco de arena bastante empinado situado entre dos puntas rocosas, que se quiebra al medio por otra formación rocosa, mucho más pequeña que las que conforman los extremos. Estaban subiendo el médano que da a la playa, cuando pudieron distinguir la inconfundible voz que sonaba a grapamiel, y corrieron los últimos metros hasta alcanzar la cumbre de la duna. Allá estaba Jesús, parado en lo alto de otro médano, ubicado a la derecha de donde estaban ellos, y parecía estar hablándole a la multitud.

"¡Felices y alegres los pobres, porque de ellos es el reino de Dios!" —era lo que estaba diciendo en ese momento. *"Felices los tristes, porque serán consolados; alegres los mansos, porque no desespera quien espera; benditos los que desean justicia, porque la justicia tarda, pero llega; bienaventurados los pacificadores, porque serán llamados hijos de Dios; alabados sean los solidarios, porque vivirán en comunión; dichosos los oprimidos, porque en ellos está la liberación; venturosos todos ustedes a quienes por mi causa los maldigan, denigren, calumnien, persigan,*

acosen, esputen, golpeen, pateen, y acusen falsamente, porque más grande será el alivio que recibirán, y porque así fueron tratados otros mensajeros y sus seguidores antes que yo".

Así dijo aquella tarde en La Balconada, pero sus palabras no encontraron oídos dispuestos a escuchar lo que decía el *"loco del médano"* y simplemente lo ignoraron.

Los cuatro discípulos se encontraron con Jesús en lo alto del médano en el que acababa de dar su sermón, y lo saludaron con varios besos y abrazos. Habiendo dado por terminada esa actividad con la puesta del sol, los 5 se fueron de la playa hasta la terminal de La Paloma.

El asado en el rancho

Esa misma noche, para celebrar la vuelta a Valizas, Jesús decidió hacer un asado afuera de su rancho, cerca del mar. Como buen anfitrión, oficiaría de asador, y Natalia se ofreció con vivo interés a ser su ayudante, con especial énfasis en que su vaso siempre tuviera vino. Mientras él preparaba un pequeño pozo en el que hacer el fuego, la mayoría de sus apóstoles se dividieron en grupos a fin de hacer las compras necesarias para la comilona: el *"Sanabichos"*, Lalo, Diego, Benito y Andrés fueron a comprar la carne, apareciendo después de un buen rato con 7 kilos de carne, 2 kilos de chorizos, 3 morcillas dulces, 3 pamplonas, algunas mollejas, chotos y chinchulines, y un queso parrillero. Adán y Eva llevaron de su rancho algo de vino, y manzanas para el postre. Simón y Judas fueron a comprar el pan, mayonesa, algunas cosas para picar durante la espera, más vino, y 4 cervezas. Paola y Petra se ofrecieron a hacer una ensalada para acompañar el asado pero el resto del grupo se negó unánimemente.

Sería entre las 21:30 y las 22:00 cuando Jesús encendió el tibio fuego y empezó la reunión. Algunos sacaron sillas de playa y se sentaron cerca del agradable calorcito, otros lo hicieron en la arena nomás, y alguna de las jóvenes se tumbó sobre una loneta.

En ese momento, la tenue sensación de irrealidad provocada por el resplandor cautivante del fuego se mezclaba con la templada brisa marina, su olor salobre evocaba atávicas memorias, y ambas sensaciones eran potenciadas por el efecto embriagante del elixir del dios Baco... En ese momento, hubieran deseado partir ese lapso de tiempo para eternizar el instante en que la felicidad y la perfección eran dos palabras idénticas.

Hablaron de sus vidas, de sus sueños y temores, rieron, polemizaron (con la lealtad con la que discuten los amigos), entonaron canciones de *"esas que sabemos todos"*, jugaron al truco, quijotearon acerca de la realidad, y hasta improvisaron un pequeño baile mientras escuchaban Mano Negra y La Abuela Coca. Hasta que estuvo pronto el asado. Primero salió la parrillada, luego las morcillas y los chorizos, y al final llegó el asado. Comieron hasta saciarse, en medio de un silencio solamente interrumpido por el arrullador murmullo del oleaje, el grato crepitar de las llamas y el croar de algún batracio. *"¡Un aplauso para el asador!"* clamó Diego cuando el placentero efecto del hartazgo comenzó a pasar, y una salva de aplausos respondió espontáneamente.

Demoraron todavía un buen rato, pipones como habían quedado, en iniciar una charla de sobremesa, pero cuando comenzó, pronto retomó el barullo cordial previo a la cena. En determinado momento, Petra, u-sualmente silenciosa, sorprendió a todos con una pregunta: *"Jesús, hoy cuando hablabas en la playa, dijistes algo que me preocupó, o de repente, como soy más bruta que los demás, no pude entender. Fue aquello de que los que te sigamos debemos ser felices y alegres a pesar de que nos persigan e insulten. Es muy lindo, ¿pero como se puede hacer?"*.

Todos callaron, sorprendidos porque fuera Petra la que se animara a preguntar lo que todos querían pero ninguno se animaba. Jesús la miró, y una sonrisa agradable se dibujó en el rostro, luego, miró a todos antes de responder. *"Vaciándote de odio. O en realidad, convirtiendo el despre-cio y las burlas que recibas, que reciban todos"*, –y miró sucesivamente a cada uno– *"en amor"*.

–Sí, pero eso es fácil decirlo. ¿Pero como lo podemos hacer cuando pase en la realidad? –intervino Diego.

–De la misma forma en que antes lo hicieron Buda y Jesucristo. De la misma forma en que Gandhi y el pueblo indio conquistaron la libertad política de su país: mediante la fuerza del alma. No hay fin que justifique los medios, porque por más noble que sea el fin que se pretende, si se consigue por métodos abyectos, entonces el fin mismo queda envilecido.

–¿Cómo es eso Jesús? –preguntó Benito.

–Si para difundir y predicar nuestra verdad debemos recurrir al ejerci-cio de la violencia, en la forma que sea, sobre nuestros oponentes, ¿de que servirá entonces nuestra actividad?, ¿acaso no estaríamos siendo tan reaccionarios como ellos? Es como una revolución que aspire a la libe-ración… pero si en el proceso se emplean medios revanchistas, entonces esa revolución terminará perdiendo su finalidad: porque se habrá con-vertido en opresora, y su resultado final será, solamente, el de cambiar una dominación por otra. Cualquier revolución, cualquier proceso de cambio, cualquier intento de liberación que intente imponerse a los pueblos mediante la guía de líderes iluminados terminará fracasando por esta misma razón. **Las revoluciones solo son posibles cuando se hacen**

con el pueblo, no cuando se intentan a pesar de él –Jesús enfatizó especialmente esa última oración.

–¿Es algo así como lo de amar a tus enemigos?

–Precisamente, esa es la idea. Como dijera el Cristo en el discurso del monte: *"amen a sus enemigos, hagan el bien a los que los odian, bendigan a los que los maltratan. Al que te golpea en una mejilla, preséntale la otra. Al que te arrebata el manto, entrégale también el vestido. Da al que te pida, y al que te quite lo tuyo, no se lo reclames.* **Traten a los demás como quisieran que ellos los traten a ustedes"**. Ahí está la verdadera revolución, en nuestras pequeñas costumbres cotidianas. No hay mérito alguno en tratar bien a nuestros amigos, familiares y a quien nos trate bien. El peor de los hijos de puta probablemente también lo hace. Lo novedoso, lo revolucionario, es tratar bien a quien nos maltrata. No debemos responder la violencia con más violencia, porque esa es una actitud reaccionaria. Nuestra tarea es la de convencer y concienciar, y nuestro método serán la paciencia y la simpatía.

Dijo así, y todos quedaron maravillados por la profundidad y claridad de su discurso.

Cuando se dio por terminada la velada, bien entrada la noche, cada uno de sus fieles se fue a sus respectivos ranchos... salvo una. Natalia fue postergando sutilmente el momento de su marcha, hasta quedarse a solas con Jesús en el rancho. *"No es necesario que laves todo Nati. Yo me ocupo mañana. ¿Quieres que te acompañe hasta tu rancho?"*

–Pensaba quedarme a dormir acá, si a vos no te molesta, claro –le dijo con una voz que en su timidez, sugería lo que ambos sentían.

–Esteeee... no, por supuesto. Pero vamos a dormir apretados en mi cama –respondió él con picardía.

–Oh, bueno, seguro encontraremos la manera de acomodarnos...

Ambos sonrieron, y ya no fueron necesarias más palabras. Porque él se había acercado hasta donde estaba ella. Se miraron fijamente a los ojos unos segundos que parecieron horas, antes de que él acercara sus labios deseosos, a los de ella, ávidos por sentir los de él. Y podrían haber prolongado ese sencillo y profundo acto de amor lo que restaba de la noche, de no ser porque cayeron ambos en el catre, y cedieron ahí al mutuo deseo de conjunción carnal. Hasta el amanecer se dieron a la urgencia recíproca de amarse, espoleados por el conocimiento de que

54

estaban viviendo un amor prohibido, que debían mantener en secreto. *"¿Sabes?"*, le dijo mientras ella le acariciaba la barba tiernamente, *"eres la segunda mujer con la que hago el amor"*.

–¿Soy tu segunda mujer Jesús?

–No. Eres la segunda con la que he hecho el amor. Con otras solo he tenido relaciones sexuales.

–Me encantaría ser la última también. Y cuando los dos tengamos 80 años, seguir haciendo el amor.

Se trenzaron en un beso apasionadísimo, antes de volver al dulce acto físico de amar. Al amanecer, se despidieron con otro insondable beso, antes que ella saliera disimuladamente del rancho.

La visita del sacerdote

El tiempo siguió su curso incansable, y en esas semanas y meses que fueron pasando, Jesús y sus discípulos comenzaron una comunidad en Valizas. Encontraron la forma de acomodarse todos en el rancho de Jesús, sobre la costa, y vivían en comunidad de bienes y tareas bajo la consigna de *"de cada quien según su capacidad, a cada cual según su necesidad"*. Se dedicaban a la pesca y al cultivo de algunos vegetales, hacían algunas changas, y también trabajos comunitarios con los vecinos.

Pronto se esparció por toda la zona el rumor de un grupo de *"locos capitalinos"* (mucha gente no sabía que algunos de los integrantes del grupo de Jesús eran rochenses) que vivían en comunidad, todos juntos, y cuyo líder se consideraba a sí mismo una especie de profeta, que andaba predicando la nueva venida del Señor, y horrorizaba a muchos católicos con sus discursos que asociaban a ciertas doctrinas de liberación condenadas por la Santa Iglesia Católica Apostólica y Romana. Mientras que para algunas personas se trataba de un grupo de *"hippies drogados pero simpáticos e inofensivos"*, otros opinaban que eran unos *"vagos montevideanos, seguro que de Pocitos, que vienen a vivir un tiempo entre los piojos"*, y los más reaccionarios entendían que se trataba de una *"secta peligrosa que deforma los valores cristianos y familiares, y se dedican a hacer orgías"*, e incluso llegaron a comparar a Jesús con Charles Manson.

La otra cara de la moneda de ese ensordecedor murmullo público, era que cada vez iba más gente a escuchar los sermones que brindaba en las diferentes localidades del departamento de Rocha, aunque más no fuera para curiosear, e incluso comenzaron a llegar de otros departamentos.

Su fama llegó a oídos de un viejo párroco, de esos que tienen la panza pródiga y la mirada franca de las almas buenas. Hacía un buen tiempo que estaba retirado, pero eso no le importó demasiado cuando sintió en su pecho la necesidad de conocer directamente a este personaje del que tantas cosas se decían. Así, el 31 de agosto se tomó un ómnibus de Maldonado a Rocha, y de ahí otro a Valizas. Llegó al sereno pueblo de pescadores en la media tarde de aquella fría jornada invernal, y no le costó mucho llegar hasta el rancho de Jesús.

Lo encontró tomando unos mates junto a Natalia, Andrés y el Lalo, pero no pudo decir nada, dado que había quedado paralizado, embotada su mente, al reconocer la figura del hombre del que tanto había sentido hablar en esos meses. Lo que le habían relatado, la imagen que en su mente se había labrado sobre el joven profeta... todo eso fue ampliamente superado al verlo en ese preciso instante, y tuvo que pestañear repetidamente para convencerse de que no estaba soñando. Es que frente a él, había aparecido una imagen bíblica, una suerte de retablo renacentista que súbitamente hubiera cobrado vida frente a él.

"Disculpe, ¿se siente bien?, ¿precisa ayuda?", la gentil voz de Andrés logró finalmente sacarlo de su atontamiento.

–¿Eh?...ssssí, sí –respondió, recobrando la compostura– estoy bien. Disculpen, ¿les molesta si este viejo los acompaña un rato?

Por toda respuesta obtuvo una cordial sonrisa y una invitación a sentarse junto al joven cuarteto. Jesús mismo se paró y le dejó su silla, yendo al interior del rancho a buscar otra. El religioso septuagenario, pasó el resto de la tarde por demás entretenido en compañía de ellos, escuchándolos, maravillándose de la forma en que hablaban y se expresaban, y contándoles de su propia experiencia. *"Llámenme Nicodemo, Padre Nicodemo si prefieren"* les dijo cuando le preguntaron su nombre. *"Nicodemo"* les dijo que era un sacerdote jesuita que había nacido en Montevideo en 1925 y que durante la década de los cincuenta estuvo estudiando en Lovaina donde había conocido y trabado amistad con el teólogo peruano Gustavo Gutiérrez. Les relató que en el año 65 junto a otros compañeros jesuitas habían fundado el *Centro "Pedro Fabro"* dedicado a la investigación y la acción social, como a partir de dicho centro se había vinculado al movimiento de la Teología de la Liberación, les contó sobre su amistad con Ignacio Ellacurría, sobre su reencuentro y discusiones teóricas con Gustavo Gutiérrez, de las colaboraciones con Leonardo Boff, y sobre el apoyo a las actividades del Padre Cacho en los asentamientos de Montevideo. Les reveló cómo poco a poco, con el lento transcurrir de los años y las décadas, al fracasar una y otra vez cada intento renovador dentro de la Iglesia Católica, la frustración, la desesperanza y el descreimiento poco a poco habían enfermado su corazón, debilitado su alma, y envenado su mente. Finalmente, les explicó que al enterarse del ministerio de Jesús, la esperanza y la fe habían vuelto a renacer en él.

–En verdad te felicito Nicodemo, porque a través de la fe has podido renacer a la nueva vida –le dijo Jesús, y Nicodemo sonrió con la alegría sana de un niño.

–Ahora, bien, decime, Jesús Maggo: ¿cuál es la causa de tu misión?, ¿qué te motiva en este ataque a los molinos de viento?, ¿eres un reformador o un revolucionario?

–No lo sé, Nicodemo, no lo he racionalizado tanto. Yo simplemente he sentido el llamado imperioso a comenzar esta misión. ¿Jesucristo acaso se consideraba un revolucionario?, ¿se consideraba un reformador? ¿Moisés y Mahoma?, ¿Buda, Lao-Tse, Zaratustra?, ¿el propio Lutero? Tampoco lo sé, pero sus enseñanzas por cierto que fueron revolucionarias, si podemos aceptar que no toda revolución implica necesariamente recurrir a la violencia, y en cambio sí puede ser un cambio radical en la esencia de las cosas y las personas.

–A ver si entiendo: el mensaje sigue siendo el mismo, a pesar de que la forma y el estilo cambien.

–Exactamente. Como dijera Jesucristo: *"No crean que yo vine a suprimir la Ley o los profetas. No vine a suprimirla, sino para darle su forma definitiva"*. Yo vengo a decir que de nada sirve cumplir con la Ley o ir a rezar, solo por temor a Dios, o con la intención egoísta de lograr la salvación. Debe hacerse como acto de verdadera fe, por convicción, por voluntad.

–Me dejás profundamente impresionado por tus palabras. Tenés un profundo conocimiento de las Escrituras, superior al de muchos sacerdotes, curas, y obispos que he conocido. Seguramente las has leído muchísimo.

–Bueno –le respondió con una mirada alegre– en realidad no la he leído nunca, pero de algún modo, cuando necesito recurrir a ella, el conocimiento viene solo.

–¡MARAVILLOSO!

Esa noche, el viejo sacerdote se quedó a cenar con ellos, y Jesús le cedió su propia cama para que durmiera, y a la mañana del día siguiente, y tal como varios meses antes había hecho *"Juan el Bautista"* con él, Jesús procedió a bautizar al anciano sacerdote en las aguas del arroyo Valizas. *"Así como ninguna persona se baña dos veces en el mismo río, tampoco persona alguna es siempre la misma persona"*.

Así dijo, y sus discípulos lo miraron extrañados, pero Nicodemo, que comprendió el sentido de la frase le respondió: *"¡Alabado seas por tu sabiduría, Jesús Maggo!"*. Por la tarde se despidieron con un abrazo alegre, y Nicodemo, antes de subir al ómnibus, exclamó bien fuerte *"¡Te bendigo, Valicero!"* e hizo la señal de la cruz.

–¡AMÉN! –respondieron Jesús y sus apóstoles–.

El segundo milagro

Después de esta visita, Jesús y los Doce volvieron a recorrer los caminos rochenses, expandiendo el mensaje. Para ello, él les brindó la autoridad de la palabra que habitaba en su ser, y poder para aliviar a los enfermos. Les recomendó especialmente que fueran ligeros en su deambular, que no llevaran nada superfluo que les pudiera estorbar, ni dinero demás, que fueran humildes y agradecidos, que no respondieran a los agravios, ni denuestos, ni provocación alguna que recibieran. *"Hablen en las plazas públicas, sin importar cuanta gente los escucha, sin importar si alguien los escucha. Y no duden en ir al campo a predicar también si es que se presenta la ocasión"*. Y aconsejándolos de ese modo, los despidió uno por uno, saboreando especialmente el momento agridulce en que sus labios besaron las mejillas sonrosadas y delicadas de Natalia. Los envió en 3 grupos de cuatro: al Chuy, a Lascano, y La Paloma.

Él partió, solo, a la ciudad de Rocha. Ni bien llegó a la ciudad de construcciones bajas y grises, y calles angostas y adoquinadas, comenzó su tarea evangelizadora. Predicó la buena nueva en varias plazas de la ciudad, en algunas, lo escucharon una decena (o menos) de curiosos oyentes, en otras, solo los perros parecieron reparar en su presencia. Pero lejos de amilanarse cuando esto sucedía, le servía de motivación para seguir avanzando y redoblar sus esfuerzos, porque se sabía depositario de una misión divina.

Por la noche se sentó a meditar en uno de los verdes bancos de la plaza principal de la ciudad, enfrente a la iglesia de Nuestra Señora de los Remedios, que cerrada y mal iluminada ofrecía un aspecto en general lúgubre, bastante a tono con el del resto de la oscura y vacía población. Solo el andar cansino de algún transeúnte, el perezoso pedaleo de alguna desvencijada bicicleta, o el lento pasar de algún automóvil, interrumpían el sobrenatural silencio rochense.

Al principio no distinguió a la fornida figura que se aproximaba hacia donde estaba sentado, absorto como estaba en sus propios pensamientos, fue el lastimero aullido de unos perros lo que lo sacó de sus cavilaciones. Cuando llegó hasta Jesús, Caín tomó asiento a su lado.

–Sí, toma asiento nomás...

–Mmmmm... noto un dejo de ironía –dijo Caín mientras hacía una mueca– ¡me encantan las ironías! ¿Qué pasa Jesús?, ¿el desánimo te empieza a ganar?, ¿tan pronto estás flaqueando?, ¿qué va a pasar cuando llegue el momento de la crucifixión entonces?... jajaja

–¿Te divierte acaso?, ¿no me dijiste antes que tu cometido es apoyarme en mi misión? Y por si te interesa, si me encuentras así en este momento, es porque estoy físicamente cansado, pero apenas recupere mis fuerzas, volveré a redoblar mis esfuerzos.

–Bien... bien... ¡muy bien mi querido muchacho! Eso es lo que quería oír. –Y mientras eso decía, sacó un cigarrillo. El conocido aroma dulzón que exhaló bastó para que se diera cuenta de que tipo de cigarrillo se trataba.

Caín pegó una pitada, y le ofreció a Jesús, que gustoso aceptó el porro.

–Entre las muchas cosas buenas que Dios ha hecho, ¡y por cierto que ha hecho muchas!, esta plantita se lleva las palmas. ¡Que delicia! –dijo Caín, provocando la carcajada de ambos. Jesús tosió porque en ese momento tenía los pulmones llenos del empalagoso humo.

–Cierto... muy cierto, y la mujer es la más hermosa, y el hombre el más contradictorio –respondió, y volvió a reír, con una risita fina.

–Y el delfín el más inteligente entre todos los animales de la creación...

–Y el elefante, el más elegante...

–Y el león, el más peleón...

–Y... y... y... ¡la vaca la más astuta!

La carcajada, esta vez, fue tan sonora, que despertó a una señora que vivía en un edificio cercano, y un vecino, molesto, amenazó con llamar a la policía si los que estaban jodiendo a esa hora de la noche no se callaban.

Cuando comenzó a pasar el efecto de la hierba, Caín retomó la palabra: *"Hasta ahora te has desempeñado bien. Has intentado predicar con el ejemplo. Y tienes una increíble capacidad de oratoria, podrías convertir hasta a las piedras, si las piedras sintieran. Pero... mucho me temo que en el mundo actual, sería realmente más fácil que un camello pasara por el ojo de una aguja, o incluso que un rico entrara al reino de los Cielos, antes que lograr convertir a una persona. ¡Te falta marketing Jesús! Tienes que venderte mejor, hacer cosas llamativas, cosas de las que hable todo el mundo".*

–¿Como qué?

–Demostraciones de tu poder. Habla con la palabra y con acciones. Como hizo tu hermano.

–¿Y en que me diferenciaría eso de los cientos de parlanchines que dicen realizar milagros y curaciones?, ¿¡no me habías dicho que uno de los males de este mundo era que lo espiritual ha sido desplazado por lo material!?

–Sí, sí, es cierto lo que dije, y lo sostengo. Pero esto es distinto. Primero, porque serían milagros reales, verdaderos; y en segundo término, porque el fin seguiría siendo recuperar lo espiritual. Esto sería un medio nomás.

–No sé –le respondió, mirándolo, dubitativo.

–¡Vamos, querido joven!, tenme un poco de fe, que nomás por viejo algo he de saber.

–Mmmmm... bueno, está bien. Supongo que no pierdo nada con intentar. ¿Pero cómo voy a saber cómo hacer un milagro?, ¿cuándo los podré hacer?

–Sobre el cómo, no te olvides hijo de quién eres, y ya sabes que lo que se hereda no se roba. Te saldrá naturalmente cuando precises recurrir a él, así como te salen naturalmente las palabras de la boca cuando hablas. Y sobre el cuándo... cuando consideres que la ocasión es propicia.

Eso fue lo último que dijo, ya que apenas terminó de hablar volvió a escabullirse como la vez anterior, dejando otra vez solo y un tanto desconcertado a Jesús. Aun levemente bajo los efectos de la marihuana, se quedó dormido en ese banco de plaza.

Hubiera dormido hasta más tarde de lo que finalmente se despertó, ajeno a la luz del día, al viento, al frío, a las miradas –curiosas y divertidas algunas, maldicientes y con la hipocresía de los censores las más–, de no ser, porque dos escolares encontraron más divertido que llegar a la escuela, molestar al durmiente con la ramita de un árbol. Primero le tocaron el vientre, para ver si estaba vivo. Cuando su víctima movió un brazo, acercaron la ramita al rostro. Primero le rascaron la barba, luego pretendieron abrirle la boca, abrirle los orificios nasales, y finalmente lograron despertarlo cuando se la quisieron meter por un oído. Los dos pícaros, asustados por la repentina reacción, y olvidándose de la prueba del delito, largaron a correr, gritando desaforadamente *"¡se despertó el loco!, ¡se despertó el loco!"*. Jesús, desconcertado, no entendía nada. De repente, vio una ramita tirada en el piso, y su mente enseguida la asoció con la escena que acababa de ver, y rió de buena gana.

Al mediodía, cuando abrieron los bancos, luego de haber estando vagando en círculos por las angostas y adoquinadas calles de la ciudad, volvió a la plaza del centro. Cruzó la calle General Artigas hacia la sucursal del Banco República, una agradable construcción de ladrillo a la vista, que concentra la mayor parte de la actividad financiera local; y ahí, parado en la vereda de cara al banco realizó su segunda predicación pública.

—¡Quiénes tengan oídos para oír, que oigan lo que he de decirles, habitantes de Rocha! Mi mensaje no es nada nuevo, pero sí necesario. Las palabras de Jesucristo ya están escritas en el Nuevo Testamento: *"Nadie puede obedecer a dos patrones, porque aborrecerá a uno y amará al otro, o..."*

—¡Tienes razón, yo obedezco a tres patrones y los aborrezco a los tres! —gritó un transeúnte que pasaba, provocando la hilaridad de varios más.

Sin inmutarse, Jesús prosiguió su discurso:

—Les decía que *"Nadie puede obedecer a dos patrones, porque aborrecerá a uno y amará al otro, o apreciará al primero y despreciará al segundo. Es imposible servir al mismo tiempo a Dios y a las riquezas"*. Les pregunto: ¿es lícito preocuparse por qué vamos a comer hoy y el día de mañana?, ¿por qué ropa nos pondremos?, ¿por donde viviremos? Yo les digo que **en verdad es lícito preocuparse por todas estas cosas**, que hacen a la vida y a nuestra dignidad; **lo que no es lícito**, es que teniendo solucionada todas estas cosas, nos preocupemos por seguir aumentando nuestras posesiones a costillas de otros que tienen menos. Acaparar y acaparar y acaparar y seguir acaparando, mientras otros luchan por el sustento diario, y viven en una miseria indigna de personas que viven en una sociedad que se cree a sí misma racional...

Calló un breve instante para tomar aire, y volvió a lanzar su inspirado mensaje:

—¡Rochenses! Yo les digo que no hay libertad real mientras haya personas que no hayan sido liberadas de las necesidades más básicas y elementales. ¿De qué libertad y de qué democracia podemos hablar, cuando el acceso a la mayoría de los bienes está privatizado? Vivimos en un mundo que es solo pretendidamente racional. **Es un mundo ARBI-TRARIO y PARCIAL.** ¡Un mundo que sobrevive y se reproduce basado en mitos que son puras fantasías!: la cosificación del trabajador, la separación de la persona de su fuerza de trabajo, la división de la vida diaria en tercios de 8 horas, la propiedad privada de los medios de producción como principio del "progreso", la naturaleza como una enemiga que debe ser dominada y contenida, el aumento continuo de la producción para seguir sosteniendo al sistema, y la construcción de necesidades completamente artificiales y vacuas...

Tomó un nuevo respiro, que aprovechó para lanzar una breve mirada en derredor: la mayoría de las personas pasaban, lo miraban y seguían su camino. Los que entraban y salían del banco, lo hacían apurados, sin prestarle mayor atención al loco que estaba vociferando en la vereda. Dos ancianas, sentadas en uno de los verdes bancos de la plaza, de vez en cuando interrumpían su charla para escucharlo, pero enseguida volvían a su conversación que ese día –igual que el día anterior e igual que el día que vendría– consistía en la puesta al día acerca de los chismes, tanto los locales como los de programas de televisión. Un grupo de jóvenes, más lejos, sentados entre el teatro y el cine, fumaban, mirando todo, sin importarles nada.

–¡Rochenses!: ¿cuánto más tardaremos en darnos cuenta que para ser más felices no precisamos trabajar como burros para ganar un poco más?, ¿que no vale la pena ese esfuerzo para tener el televisor más moderno, ni el celular más diminuto y con más funciones al cuete, ni ninguno de esos bienes superfluos que nos quieren vender como necesarios e indispensables para la vida? Hay que decir ¡BASTA! –gritó la palabra–, a esta situación, y darnos cuenta que más libertad y mejor calidad de vida pasan por tener más tiempo para nosotros, para nuestra soledad, para nuestras familias, para nuestras amistades, para disfrutar de un paseo, de una caminata, para participar de la vida social y comunitaria... Por eso les digo bien fuerte: **¡alabados sean los perezosos, porque en ellos anida la revolución contra esta sociedad irracional y caprichosa!**

Cuando terminó la oratoria Jesús calló... y nada pasó, salvo por alguno de los que salían del banco, que al verlo lo confundieron con un mendigo y le dejaron unas monedas dentro del morral.

De pronto, divisó a un pobre hombre que tenía su brazo enyesado. Estaba sentado en uno de los bancos de la plaza, solo, e intentaba leer el diario, pero la operación se le complicaba por el brazo que tenía enyesado. Aparentaba unos 50-55 años. Su apariencia era prolija y cuidada, salvo por la barba que tenía crecida y se notaba como le irritaba sus mejillas.

Jesús se acercó a él. *"¿Te puedo ayudar en algo, hermano?"*, le preguntó al, hombre, que lo miró confundido...

–¿Cómo te llamas, buen hombre? –insistió él.

–Daniel, señor.

–¿Hace cuanto tiempo estás en este estado?

–Pocos días. Creo que tres. Sufrí un accidente en el trabajo, me subí a una escalera, y caí mal sobre el brazo. Igual, dentro de todo fue una desgracia con suerte, como se suele decir. Pero no podré ir a trabajar por 30 días –suspiró.

–Tienes razón, hermano… ha sido una desgracia con suerte la que has tenido. Te daré libertad de tu penuria.

Así le habló. Y antes de que el hombre del brazo enyesado supiera qué estaba pasando o pudiera responderle, Jesús le tomó el yeso con su mano derecha *"¡NO DUELE DANIEL!... ¡ NO DUELE!... ¡ESTE BRAZO PUEDE MOVERSE!"*.

–¡¡Aaaahhhh!!... ¡suéltame, déjame! –gritó el hombre, sorprendido y asustado por el contacto. Pero Jesús aún mantuvo el contacto unos pocos segundos, hasta que lo soltó, y al soltarlo, cayó el yeso. Instintivamente, el hombre levantó su brazo, como para protegerse…

Recién entonces se dio cuenta de lo que había pasado. Por un instante quedó atónito, inmóvil, como suspendido en el tiempo. Luego fue el miedo... después la confusión... y finalmente, llegó la reacción:

–Pero... pero. ¿Pero qué es esto?, ¿qué pasa?, ¿es cierto esto?... esto es...

–¿Un milagro? -le preguntó afablemente Jesús.

–¡UN DESASTRE!... ¡eso es lo que es, un desastre!

–Pero hermano, te he liberado de tu dolor y de tu pena por no poder ir a trabajar…

–¡Sorete!... ¿y qué voy a hacer ahora con mi licencia por enfermedad?... ¡me acabas de sacar 30 días de descanso que tenía! ¡Te voy a hacer un juicio!, ¡vas a lamentar por lo que me acabas de hacer!

—Señor —intervino una señora que miraba todo— si precisa testigos yo lo apoyo. Vi todo.

Unos meses más tarde cumplió su amenaza: le llegó a Jesús una citación judicial para una audiencia de conciliación por un juicio civil que por daño moral y sufrimiento psicológico pensaba entablarle Daniel, el hombre que tuvo el brazo enyesado. Llegaron a un acuerdo en dicha instancia.

Y ese fue el segundo milagro realizado por Jesús para mayor gloria del Señor en las alturas: la curación del enyesado malagradecido. Sucedió en la ciudad de Rocha en el invierno del año 2000.

Jesús calma la tormenta

No tardó en conocerse por toda la ciudad y sus cercanías este hecho milagroso. Los medios de prensa locales levantaron la noticia. Uno de los diarios le hizo una entrevista a Daniel, y varios canales le hicieron notas para sus informativos de la tarde. También quisieron obtener la palabra de Jesús, pero les fue imposible ubicarlo durante un día y medio, y pronto la noticia dejó de ser novedad. Entre la gente nuevamente las opiniones estuvieron divididas: la mayoría abrumadora de las personas opinaban que Jesús era un reverendo pelotudo, uno bien intencionado, pero pelotudo al fin. Varios médicos explicaron con lujo de detalles esos días, en programas de radio y televisión, que dado que no podían atribuir razones científicas a la curación de la quebradura, indudablemente la única explicación científica y racional era atribuir la curación a un caso de remisión espontánea y que no había que confundirlo con un milagro, prodigio o suceso maravilloso de cualquier otro tipo porque no admiten comprobación mediante la aplicación del método científico. Una minoría, sostenía que lo que había sucedido, era "evidentemente" un caso de alivio del dolor mediante la aplicación de hipnosis.

Ajeno a la conmoción pública que su segundo milagro había generado esos días, Jesús siguió concentrándose en cumplir con su misión, y aprovechó las ocasiones propicias que se le presentaron en esas jornadas para seguir mostrando la divinidad de su misión.

Sucedió dos días después de haber curado a Daniel, luego de terminar de predicar en una plaza de barrio, y rodeado de curiosos que querían ver al estúpido que había sanado al pobre tipo que tenía licencia por enfermedad.

–¡Che, Jesú', haz un milagro para nosotros! –gritó un vivaracho entre la multitud.

–¡Sí, dale, muéstranos tu poder! –lo secundó otra voz–.

–¡Eso, menos palabrería y más acción, que ya pareces un político! –gritó otro provocando la carcajada general.

Jesús contempló, callado, con una triste mansedumbre, al gentío apiñado en torno a él, que comenzaba a impacientarse. Finalmente, luego de un profundo suspiro, les respondió: *"¡Hombres y mujeres de poca fe!*

Díganme, ¿en qué les cambiaría que yo haga un milagro, si están sordos para comprender el mensaje?".

–¡Sería más fácil creerte! ¡te aceptaríamos como el enviado de Dios! ¡nos convencerías de que no eres un charlatán! –Varias voces gritaron al unísono.

–¡Ustedes precisan un milagro para creer! Yo les digo, al igual que le dijo Jesucristo resucitado a su incrédulo discípulo: *"felices los que creen sin haber visto"*. Porque, ¿de qué serviría entonces? Yo podría o-brar algún milagro para satisfacerlos a ustedes, pero no tendría ningún valor, sería como un acto de magia hecho para el deleite de un público. ¿Quieren milagros a pedido para creer?, no es acá adonde deben venir –así les respondió, antes de comenzar a marcharse.

En ese preciso instante comenzó a llover copiosamente. Era una trom-ba que se había desatado imprevistamente, siendo que el día hasta ese entonces había sido limpio y claro; pero en escasos segundos había que-dado oscuro, frío, y ventoso. Como si el día se hubiera trocado en noche. La gente, asustada, sorprendida, reaccionó como una manada: todos corrían desordenadamente hacia sus casas o cualquier lugar que les pudiera brindar un momentáneo refugio.

Solo una persona permaneció, quieta, inmutable en la plaza, como disfrutando el repentino diluvio, con los ojos cerrados y su rostro desa-fiando al viento, parecía disfrutar el agua que le empapaba el rostro. Al volver a abrir sus ojos, y ver correr a la gente, sonrió. *"¿Por qué corren? ¿Acaso no saben que siempre que llovió, paró?"*, y luego de decir esto, tan repentinamente como había empezado, la tormenta cesó, el cielo se despejó, el sol volvió a brillar, y el viento se convirtió otra vez en una suave brisa.

Lo que comenzó como una serie de murmullos, que como olas se iban expandiendo, repitiendo cosas como *"¡Jesús... fue Jesús!"*, *"Jesús calmó la tormenta" "le mandó parar... los elementos le obedecen..."*; terminó transformándose en una aclamación popular, un reconocimiento y celebración populares de su poder: *"¡ES UN MILAGRO!... ¡ALELUYA!"*, y mientras la multitud lo glorificaba, un grupo de muchachos jóvenes llegó hasta él y lo alzaron en andas.

Otros milagros son realizados

La mayoría de quienes asistieron a este hecho, comenzaron a creer en él y su misión. Había entre esa multitud, un hombre de edad mediana, diminuto y enclenque, tenía un aspecto de esos tragas que aparecen en las películas de Hollywood. Su rostro, lampiño y no muy agraciado, estaba marcado por la presencia de unos gruesos lentes, de esos que popularmente se conocen como *"culo de botella"*. Vestía un vaquero que le quedaba holgado, mocasines negros, y una camisa a cuadros azul y blanca, en la solapa de esta tenía una lapicera y el atomizador para el asma.

Se le acercó sigilosamente cuando la multitud, aun conmovida, comenzó a dispersarse para contar el prodigio que acababan de vivir, y le tocó el hombro tímidamente. Se arrodilló ante él, con una reverencia, que era tanto timidez, como vergüenza, como miedo, como esperanza.

—¿Qué te sucede hermano?, ¿en que te puedo ayudar?, ¿qué quieres de mí? —le preguntó Jesús con una simpatía que tenía algo de padre, de hermano y de abuelo al mismo tiempo.

—Señor, mi señor —habló el tipejo con un hilo de voz— acudo a ti porque eres el único que tiene el poder para sanarme.

—¿Qué te sucede?

—Es mi garganta. Tengo cáncer de garganta.

—¿Qué te han dicho los médicos?

—Los doctores se niegan a diagnosticar mi mal... me han desahuciado. Los curanderos a los que he acudido son todos unos charlatanes, que me cobran por un alivio que es momentáneo, pero mi mal, al rato siempre vuelve. ¡POR FAVOR, TE LO IMPLORO, TÚ ERES EL ÚNICO QUE PUEDE SALVARME! —esto último lo dijo sollozando.

—Está bien, hermano, te ayudaré. Dime, ¿verdaderamente crees en mí?

—¡Sí señor! —y para comprobar lo que decía, le tomó la mano para besársela.

—No es necesario que hagas eso, aun no soy mafioso —así le respondió Jesús, y al tiempo que le frotaba la garganta con su diestra, exclamó— ¡ALÉJATE MAL DE ESTE HOMBRE, PORQUE YO TE LO ORDE-

NO Y ÉL ASÍ LO QUIERE! ¿Cómo te sientes? –le preguntó una vez realizado el acto.

–Bien... de hecho, ¡maravillosamente bien! –gritó con alegría, y su voz, ya era normal–. Muchas, muchísimas gracias Jesús de Valizas –dijo y lo abrazó antes de irse saltando de felicidad por la calle.

Mientras estaba viendo alejarse al hombre curado, por atrás se le acercó una mujer que hacía 12 años padecía hemorragias crónicas. Sin que lo notara, la mujer se puso detrás de él y le rozó a la altura de las nalgas. Al sentir el contacto, rápidamente se dio vuelta, y la mujer, avergonzada le dijo "perdón" en voz baja.

–No temas, hermana. No estoy enojado contigo. Tu fe te ha sanado.

–¡Muchas gracias, Jesús de Valizas! –se alegró ella.

–¿Qué mal te aquejaba?

–Tenía hemorroides –respondió ella, en voz baja.

–¿Cómo?, ¿qué?

–Hemorroides… tenía hemorroides -repitió, levantando un poco el tono de voz.

–¿El qué?

–Que tenía hemorroides –volvió a elevar su tono de voz

–No te escucho bien…

–¡QUE TENÍA HEMORROIDES!... ¡BOLUDO! ¡Y GRACIAS POR NADA! –gritó la mujer, y se alejó puteándolo.

Ese día había una joven cuya madre estaba enferma hacía varios días, sufriendo una fiebre alta, que diversos médicos no habían acertado a diagnosticar. Llegando hasta él, le dio primero unos pañuelos descartables para que terminara de limpiarse, y luego, tomándole la mano derecha le imploró por su madre, que hiciera su voluntad a través de ella. Viendo la fe de la joven, Jesús le tomó ambas manos entre las suyas, diciéndole: *"mujer, tu fe es grande, y es lo que ha curado a tu madre. Vuelve tranquila a tu casa, que tu madre está curada".* Y efectivamente, mientras volvía a la casa, llegó su hermano corriendo a avisarle que la fiebre había desaparecido por completo.

Ese día, además, curó dos casos de tortícolis, alivió a un hombre de su dolor de espalda soplándole un humo blanco y dulce en el rostro, y expulsó a una plaga de piojos que azotaban una escuela.

Al día siguiente fue a predicar a otra plaza de barrio, en la otra punta de la ciudad, y nuevamente un gentío asistió a verlo. Esa mañana, dirigiéndose a la multitud, los conminó a no juzgar a los demás sí ellos mismos no querían ser juzgados. *"De otra forma, de la manera en que ustedes juzguen, es como serán juzgados, y con la regla con la que midan a los demás, ustedes serán medidos. Sí ustedes, hombres, señalan la pelada de otro, no duden que alguien los señalará cuando queden pelados ustedes mismos; sí, ustedes, mujeres, critican el teñido de otra mujer, o se burlan de su celulitis, estén seguras que también les llegará su turno. Y así como no hay belleza física que dure eternamente, tampoco la riqueza dura para siempre, ni nadie está libre de dar un mal paso en la vida".* De esa forma terminó la oratoria del día, y una salva de aplausos surgió, espontánea, de unos pelados que lo habían escuchado.

Al igual que había sucedido el día anterior, algunos de los asistentes se arrimaron hasta él para pedirle alivio a sus penas y sufrimientos. El primero en llegar fue un joven, un gordito de mediana estatura, pelo enrulado, que lo miraba sin atreverse a hablarle.

–¿Qué sucede hermano, en que te puedo ayudar?

–Señor, estoy terriblemente confundido... no sé quien soy.

–Hermano, ese, lamentablemente, es un problema bastante común. Son pocas las personas que realmente se conocen a sí mismas tan bien como creen conocer a las demás.

–No señor, no es eso... verás... yo...

–¿Qué sucede?

–Es que... yo... quiero hacerme heterosexual –dijo en un murmullo apenas audible.

–Disculpa, creo que estás confundido. Tu orientación sexual no es ninguna enfermedad. Es algo completamente natural. Nada de lo que tú o tu familia deban avergonzarse.

–¿Cómo? –lo miró con dos ojos enormes–. ¿Tú no crees que yo sea un enfermo, ni un anormal, ni un ser abominable?

–Para nada hermano

–Pero… ¿y la Iglesia no dice que somos enfermos, que no somos naturales?

–La Iglesia –sonrió él–. Es la misma institución que hace casi 400 años obligó a Galileo a retractarse de su descubrimiento y casi lo manda a la hoguera. Prefiero confiar más en la medicina que en la Iglesia en

este tema. Además, si le hiciéramos caso a la opinión de la Iglesia…
¿qué clase de tirano miserable y cínico sería Dios, que permite que existan seres "aberrantes" y "antinaturales"? Marcha tranquilo, y no permitas que nadie te trate de enfermo, ni de aberración por la forma que tienes de amar.

–¡Muchas gracias, Jesús de Valizas! –le agradeció el joven, y se marchó contento.

Una mano le tocó de repente el hombro. Al darse vuelta, Jesús pensó que de algún lado conocía al hombrecito que estaba frente a él. Su rostro, su aspecto físico, la ropa que vestía, y esos gruesos lentes, todo le parecía familiar en el achacoso sujeto. Silencioso, el tipo se arrodilló.

–¿Qué te sucede hermano?, ¿en que te puedo ayudar?, ¿qué quieres de mí?

–Señor, mi señor –habló el tipejo con un hilo de voz– acudo a ti porque eres el único que tiene el poder para sanarme.

(Esto parece un dejavú) –pensaba mientras hablaba con el pobre alfeñique– (estoy seguro de que esto ya lo viví) *"¿Qué te sucede?"*, le preguntó por fin.

–Es mi cabeza… me duele muchísimo… se me nubla la visión… creo… no… estoy seguro que tengo un tumor cerebral.

–¿Qué te han dicho los médicos?

–Los doctores son unos farsantes, se niegan a decirme la verdad y dicen que tengo una migraña pasajera… ¡pasajera JA! Y los curanderos a los que he acudido son todos unos charlatanes que solo logran aliviarme momentáneamente… ¡pero el dolor vuelve! ¡POR FAVOR, TE LO IMPLORO, TÚ ERES EL ÚNICO QUE PUEDE SALVARME! –esto último lo dijo sollozando.

Y viendo la fe en él, compadeciéndose, Jesús le tocó la frente con su diestra y exclamó *"¡ALÉJATE MAL DE ESTE HOMBRE, PORQUE YO TE LO ORDENO Y ÉL ASÍ LO QUIERE!"*.

–¿Cómo te sientes? –le preguntó una vez realizado el acto.

–Bien… de hecho, ¡maravillosamente bien! –gritó con alegría, y su voz, ya era normal–. Muchas, muchísimas gracias Jesús de Valizas –dijo y lo abrazó antes de irse saltando de felicidad por la calle.

Mientras lo veía alejarse intentó –infructuosamente– recordar donde lo había visto antes.

Entonces, alguien de entre la multitud gritó *"¡yo quiero ganar el 5 de Oro!"*, y otra voz se oyó que dijo *"¡no!, ¡ yo lo quiero ganar!"*. Y sonó una tercera que decía *"¡a mi no me importa como, mientras me hagas millonario!"*. *"¡Yo solo quiero comprarme una casita!"* gritó alguien más. *"¡Y yo cambiar la moto!"*. Al ver que el corazón de la masa se había vuelto codicioso, y que se estaban amontonando a su alrededor, Jesús debió correr para huir de la multitud.

La vuelta a Valizas

Entonces decidió que había llegado el momento de volver a Valizas, y saliendo de mañana al amanecer, caminando al costado de la ruta, esa misma noche retornó, siendo el primero de todos en volver.

En el correr de los siguientes cuatro días llegaron sus apóstoles. Se alegraron enormemente de reencontrase con su Maestro, y lo pusieron al tanto de cómo les había ido. Los tres grupos habían predicado el mensaje allá por donde habían estado, con resultados diversos. Los que habían estado en Lascano, habían practicado un exitoso exorcismo de una mujer poseída, luego de lo cual, sus discursos en la plaza principal de la ciudad se convirtieron en acontecimientos bastante populares; los que habían estado en La Paloma, tuvieron suerte dispar: fueron ignorados por la mayoría de la población, pero muchos pescadores artesanales los siguieron, especialmente luego de que una tarde les indicaran el lugar exacto de un buen banco de pesca; mientras que aquellos que estuvieron en el Chuy, pese a sus esfuerzos y su ánimo incorruptible, no habían conseguido expandir el mensaje más a que unos pocos fieles. Jesús los alabó a todos, diciéndoles *"Felices ustedes porque tienen abiertos los ojos del alma. Les aseguro que fueron muchos los científicos, clérigos, filósofos, gobernantes, profetas, y sabios que quisieron ver lo que ustedes ven, y no pudieron o no supieron porque tenían ojetes en vez de ojos".* Así les habló, mientras intercambiaba furtivas miradas, repletas de picardía y llenas de deseo, con Natalia.

Más tarde esa misma noche, mientras todos dormían, una sombra femenina se deslizó afuera del rancho. No precisó encender la linterna que llevaba. La Luna valicera, con esa singular luz fría y plateada que alumbra más que las otras lunas, iluminó el corto camino hasta el segundo médano pasando el rancho. Sentado sobre una frazada, fumando un porro, estaba Jesús esperándola. Ávido de ella.

–¿Quieres? –le ofreció el cigarro.

–Gracias –dijo ella en voz baja, mientras lo agarraba– que noche preciosa. Hermosa para el amor. –Le dio una pitada al porro.

–Cierto –le respondió mientras la mueca de una sonrisa aparecía en su rostro–. Para el amor, y para divagar hasta el amanecer envueltos en una frazada y contemplando la maravilla que nos rodea. Lástima no tener un buen vino.

—Te extrañé —le susurró mirándolo fijamente a los ojos, como queriendo tomar por asalto su alma.

—Y yo a ti.

—¿En serio?

—Sí. Extrañé tus ojos y la feroz suavidad con que me atrapan... extrañé tus labios y lo bien que se conjugan con los míos... extrañé tu voz que me sabe al dulce de boniato cuando se deshace entre la lengua y el paladar... extrañé mimar tus lindos senos... extrañé recostar mi cabeza en tus nalgas mientras duermes... extrañé tus gemidos cuando hacemos el amor... extrañé nuestros silencios —y calló mientras con su pulgar acarició los labios de ella.

—Sos un versero —le contestó ella, sonriendo con picardía—, esa es tu táctica para seducir mujeres.

—¿Mi táctica? —sonrió él—... no, mi táctica es la del poeta.

—¿Cuál? —preguntó intrigada.

"Mi táctica es
mirarte
aprender como sos
quererte como sos

mi táctica es
hablarte
y escucharte
construir con palabras
un puente indestructible

mi táctica es
quedarme en tu recuerdo
no sé cómo ni sé
con qué pretexto
pero quedarme en vos

mi táctica es
ser franco

y saber que sos franca
y que no nos vendamos
simulacros
para que entre los dos
no haya telón
ni abismos

mi estrategia es
en cambio
más profunda y más
simple
mi estrategia es
que un día cualquiera
no sé cómo ni sé
con qué pretexto
por fin me necesites"

Así le recitó el poema antes de besarla y abandonarse los dos a las ganas de amarse.

Jesús sienta las bases de la comunidad

Una tardecita, pocos días después de la vuelta de todo el grupo a Valizas, estaban los trece en el rancho disfrutando de la agradable pachorra pueblerina de esos días de primavera.

Andrés y Simón, sobre la pequeña mesa de toscos tablones, formaban una invicta pareja de truco y enfrentaban en ese momento a Paola y Judas, mientras el Lalo y Petra –que miraban atentos y hacían voces y gestos detrás de los jugadores cada vez que uno de ellos orejeaba las cartas– esperaban para enfrentarse al ganador.

–¿Trajiste tantos? –le preguntó Simón, que era pie, a su hermano Andrés.

–¿Te gustan veintinueve? –contestó su hermano.

–Mmmmm. Vamos a dejar que toquen ellos mejor.

"Envido" terminó diciendo Simón luego de que ni Paola ni Judas hubieran tocado el envido ni cantado flor. *"Hasta ahí... quiero"* replicó Judas.

–Veintinueve –dijo Andrés.

–Treinta y dos –replicó Paola

–Treinta y cinco son mejores –dijo socarronamente Simón.

–Son buenos –suspiró Judas.

Un poco más alejado de la mesa de truco, el *"Sanabichos"* jugueteaba con la Betty, una perrita callejera, de esas de pedigrí desconocido y puro cariño, que habían adoptado de mascota una tarde que la encontraron lastimada y hambreada cerca del rancho. Con los amables cuidados clínicos de Francisco, en poco tiempo el sufrido animal se había recuperado de sus heridas. Adán, Benito y Natalia compartían una pausada conversación, esporádicas risas, y un cigarro, luego otro, y otro más después de ese. Eva y Jesús tomaban mate, callados, al lado de Diego que tomaba café con leche, mientras los tres merendaban unos martín fierros.

En la mesa, los jugadores de truco habían repartido una nueva mano y Judas estaba a punto de cantar la flor que tenía, pero Jesús se le adelantó y sorprendió a todos con una pregunta: *"Díganme, ¿qué dice la gente sobre mí?"*

Todos se miraron y ninguno se animó a decir nada. *"Vamos, no tengan miedo, no me voy a calentar con ustedes"* –los animó Jesús después de unos breves segundos en los que ninguno de los apóstoles se animó a decir nada. Les sonrió, con esa sonrisa blanca, afable, que parecía capaz de iluminar una habitación a oscuras, y alegrar al corazón más triste.

–Hay muchos que dicen que eres un charlatán –titubeó Diego.
–Es cierto, hay muchos que dicen que soy un charlatán. Pero no es lo único que dicen, ¿o me equivoco?
–No –intervino Natalia– también dicen que eres un loco.
–Es cierto, eso dicen también –asintió Jesús haciendo un gesto con la cabeza.
–Y también que eres un falopero –agregó Petra.
–Y puto –comentó Benito.
–Y comunista o tupamaro –añadió Andrés.
–Y mormón –intervino Diego nuevamente.
–Y sucio y pichi –señaló el Lalo.
–Blasfemo también –dijo Benito otra vez.
–Y...
–¡Jajaja!...bueno, bueno, creo que con charlatán, loco, falopero, puto, comunista, tupamaro, mormón, sucio, pichi y blasfemo ya es suficiente –interrumpió Jesús a Natalia cuando esta iba a agregar algo más, y todos comenzaron a reír de tal modo, que a muchos les dolió el estómago y a otros les salieron lágrimas.

Cuando se les pasó el ataque de risa, Jesús los miró fijamente y les volvió a preguntar: *"Pues bien, si la mayoría de la gente dice todo eso de mí, ¿por qué me siguen ustedes?, ¿quién soy yo para ustedes?".*

Los doce volvieron a intercambiar furtivas miradas. Pero esta vez fue el Lalo quien se animó a romper el silencio. *"¿Tú? Tú eres Jesús Maggo, hijo de Dios y su profeta en la Tierra. Nosotros te hemos visto hacer cosas asombrosas, imposibles para cualquiera de nosotros. Pero más importante que eso, es que te hemos escuchado hablar, y ningún charlatán, ni loco ni cura, ni sabio, ni santo, ni político, ni periodista, ni filósofo ha hablado de la forma y con la pasión que tú lo haces. Y aun si no fueras el hijo de Dios, y verdaderamente fueras un charlatán, así y todo, igual yo, y todos nosotros, elegimos creerte y seguirte libremente, porque es nuestro derecho elegir a qué charlatán queremos seguir, así como tanta gente le cree, confía e incluso elige para que los gobierne a otros charlatanes".*

—Muchas gracias Lalo... gracias a todos —les dijo Jesús, visiblemente emocionado—. Y yo ahora te digo que tú te llamas Lalo yyyy... —vio a Petra que estaba al lado de Lalo—... y estás al lado de Petra, cuyo nombre significa piedra, o firme como piedra; y ustedes me acaban de demostrar que su fe, su voluntad es firme como la piedra misma. Y sobre estas piedras construiré nuestra iglesia. Todos ustedes son sabios, no por los estudios que tengan o no, son sabios porque tienen el corazón y la mente abiertos para entender que hay razones que solo el corazón comprende.

A partir de esa tarde y hasta la llegada del verano, Jesús y sus apóstoles dedicaron la mayor parte de su tiempo y energías a profundizar las bases doctrinales de la comunidad que habían construido. *"Quiero que todo esté preparado y listo para que el proyecto siga adelante cuando yo ya no esté entre ustedes"* era su respuesta cada vez que alguno de los discípulos le preguntaba si no estaban perdiendo el tiempo dedicándose a esa actividad en lugar de salir de misioneros.

Esos meses casi no salieron de Valizas. La mayor parte del día la ocupaban haciendo tareas comunitarias: ayudaban en la policlínica, la escuela y la biblioteca locales; se embarcaban con los pescadores o los ayudaban a limpiar y vender el producto, hacían tareas de campo con los campesinos, e incluso llegaron a dar una mano para restaurar viejos ranchos y construir alguno nuevo. Pero por las noches se dedicaban exclusivamente al estudio, las tertulias, y la meditación. No asistieron en ese tiempo a ninguna kermés, ni actividad social de ningún tipo, ni siquiera fueron a sus hogares en la época de fin de año, cuando Jesús les dijo que quien quisiera pasar con su familia era libre de hacerlo. Todo eligieron permanecer en Valizas, y llegaron para acompañarlos algunos familiares: la hermana y el sobrino del *"Sanabichos"*, la madre de Natalia, los padres de Paola, la hermana y el cuñado de Diego, Sara Maggo, Ana, y Jonás, que pese a su edad se empecinó en que quería volver a estar en el lugar al que había llegado hacía tantos años atrás, y no aceptó un no por respuesta. También llegó para pasar las fiestas con ellos el Espíritu Santo, quien los colmó de inspiración.

Al final de todo ese tiempo, a comienzos de enero, presentaron un documento que titularon *El manifiesto cristiano*, que había sido elaborado en todas esas largas noches en vela acompañados por el Espíritu Santo.

MANIFIESTO CRISTIANO

Introducción

Una sombra recorre el mundo, es la sombra de la desilusión, la sombra que trae el pesimismo, la sombra que nos condena a la desesperanza. Es hija de varios monstruos: del gran monstruo rojo llamado Guerra, del monstruo famélico llamado Hambre, del monstruo pálido y distante lla-mado Desigualdad, y del monstruo indigno llamado Miseria. Todos es-
tos monstruos han sido engendrados por un solo ser: el Hombre.

Por eso son enemigos tan poderosos. Porque son nuestra propia progenie. Nuestra raza les dio a luz hace muchos milenios, viven en cada uno de nosotros. Se alimentan de los que somos. Y como buenos padres nos aterra el filicidio.

Sin embargo es posible derrotarlos. Para vencerlos es necesario llevar adelante una revolución, una revolución de amor. No el amor como abstracción declarativa o mero gesto caritativo; si no el amor como praxis de altruismo, como entrega y compromiso con el otro, como expresión de fraternidad y solidaridad. Para ello debemos dejar de ver a las personas como simples agregados individuales en una sociedad, sino comprender que el Ser Humano es producto de la construcción social de esos individuos vinculados, organizados y asociados en comunidad, ligados a las generaciones pasadas por los resultados que estas le legaron, a sus contemporáneos porque durante toda su vida aprovechará y contribuirá en la construcción del tiempo que le toque vivir, y a las generaciones futuras porque será responsable de las condiciones en que les herede el mundo.

La situación actual

Vivimos en un mundo injusto. No se precisa ser muy inteligente ni demasiado observador para darse cuenta de esta realidad. Como nunca antes en la historia de la Humanidad se ha expandido la capacidad de generar riqueza; sin embargo, la misma está muy mal repartida. El trabajo social acumulado por todos cada vez enriquece a unos pocos en detrimento de la mayoría. Los ricos son cada vez más ricos y los pobres cada vez más pobres. Cada vez más los estados y los gobiernos se limitan a cumplir el rol de ruedas de auxilio del mercado, y de garrote de los privilegiados frente a los posibles desbordes de los desposeídos del mundo.

Año tras año se gastan más recursos en la industria militar y en la seguridad que en el desarrollo e investigación de nuevas técnicas productivas, de la expansión de la educación y la salud, de la erradicación del hambre. La guerra es un negocio lucrativo para muchos. La paz no. La guerra moderna del hombre "civilizado" hasta tiene sus reglas escritas, sin embargo, como de costumbre a lo largo de toda la Historia, quienes más la sufren siguen siendo las poblaciones civiles que nada tienen que ver con los conflictos. En la última guerra mundial, unos 55 millones de personas murieron. Muchos millones eran civiles, y muchos de ellos fueron industrialmente masacrados simplemente por ser judíos, o gitanos, o comunistas, o eslavos, o Testigos de Jehová, o libre pensadores, u homosexuales. Hoy en día hay más de 20 millones de personas desplazadas de sus hogares y sus países por la guerra, a los que habría que sumar los desplazados por conflictos internos dentro de las fronteras de sus países.

Actualmente se producen alimentos de sobra para satisfacer las necesidades alimenticias de toda la humanidad. Sin embargo, pese a eso, más de 1.000 millones de personas, una sexta parte de toda la humanidad padece hambre, la mayoría de ellos son niños y ancianos en el África subsahariana y Asia, pero también en el resto del mundo sucede. La especulación, el afán de lucro y el consumismo son en gran parte los culpables de este estado de situación. El endiosamiento de este nuevo ídolo mal llamado "Libre Mercado" sirve de justificativo y explicación para esta realidad que nos debería conmover éticamente a todos. Pero como es no es una noticia que muestren los medios de comunicación, ni las agencias de noticias, y las pocas veces que lo hacen nos autoconsolamos pensando que viven lejos y "nada podemos hacer" más que sentir pena por ellos, o decimos que no tiene nada que ver con el sistema, sino que el hambre se debe a que están gobernados por dictadorzuelos que se enriquecen a costillas del pueblo. Y así, elegimos tomar la pastilla azul y seguir conectados a esta especie de matriz que es el mundo mediatizado, en el que de todo nos enteramos pero por casi nada nos conmovemos.

Hoy en día las 400 personas más ricas del planeta poseen una riqueza que es superior a los ingresos sumados de más de 2.000.000.000 de personas, algo así como el 40% de la Humanidad. Aproximadamente la mitad de los habitantes del planeta sobreviven con menos de dos dólares diarios y la misma cantidad carece de acceso a una red de saneamiento adecuada, 3/5 nunca han realizado una llamada telefónica, un tercio vive sin electricidad, 1.000 millones carecen de acceso al agua potable. El ingreso promedio de los 20 países más ricos es unas 40 veces superior al de los 20 países más pobres, y la brecha ha aumentado constantemente en los últimos 50 años. La población de los Estados Unidos equivale al 6% de la población total del planeta, sin embargo, sus ciudadanos concentran casi el 50% del total de la riqueza.

Se estima que más de 100 millones de niños en edad escolar no tienen o no asisten a la escuela, muchos de ellos porque se ven forzados a ingresar precozmente en el mercado laboral. Entre el 80 y el 90% de estos niños son africanos. Se calcula que anualmente mueren cerca de 1.800.000 niños por problemas como la diarrea causados por agua contaminada y deficientes redes de saneamiento. Otros 10 millones mueren por falta de atención neonatal, problemas respiratorios, infecciones, paludismo, SIDA y otros males. La ayuda oficial de los países desarrollados es mucho menor a los recursos que desde los países pobres tienen como destino a los desarrollados. Mientras que la ayuda de los países ricos a los pobres ronda los 50 mil millones de dólares, las transferencias de nuestros países hacia los ricos alcanzan a los 150 mil millones, por concepto de pago de intereses de deuda, actividades financieras, y comercio exterior.

El mundo en que vivimos ya parece el mundo del revés: los pobres subsidian a los ricos, la guerra es más lucrativa que la paz, muchos más adelantos están disponibles para cada vez menos gente, y tiramos las sobras mientras millones sufren de hambre. Robin Hood se convirtió en burócrata del FMI y ahora roba a los pobres para dar a los ricos.

El deber de los cristianos

¿Qué podemos hacer los cristianos frente a esta realidad?, ¿qué debería hacer cualquier persona, cristiana o no, religiosa o atea, que tome conciencia de lo que significa el estado de cosas que hemos descrito?

Lo más fácil sería asumir una actitud derrotista. Una actitud de contemplación pasiva. De falso pragmatismo. De profundo cinismo. Sería la actitud de cualquiera que reconozca la injusticia del mundo, pero se excuse en que la realidad es demasiado contundente, o diga que una persona sola no puede hacer la diferencia. A esos solo cabría llamarlos cobardes, porque reconociendo una injusticia, no hacen nada por eliminarla.

Otra posible actitud sería querer cambiar esta realidad opresora utilizando métodos violentos. Combatir la violencia del hambre, la miseria y la desigualdad mediante la violencia de la guerra. Tomar las armas para combatir a otros hermanos, otros iguales, que podrán estar equivocados, pero siguen siendo humanos. A esos solo cabría llamarlos reaccionarios, porque no es justificación utilizar la violencia para terminar con una situación violenta. Aun en caso de resultar victoriosos, esa victoria habría sido lograda utilizando los métodos de los enemigos que decimos combatir, y no en pocos casos, las revoluciones que se han impuesto mediante el recurso de la violencia con el tiempo han dado paso a nuevas formas de dominación y opresión.

Una tercera posibilidad sería la de quienes dicen "esto a mi no me interesa, porque no me afecta. No es parte de mi vida". A esos solos podría llamárseles cómodos, porque solo su comodidad y confort les importa, poco les importa lo que les pase al resto de sus semejantes. Bien porque no los conocen, bien porque los creen vagos, o tontos, o ambas cosas, o porque creen que las leyes de la selección natural se aplican también a la vida social. Esta forma de pensar es la que más conviene al sistema, porque permite que el statu quo se mantenga sin mucho esfuerzo. El problema de quienes piensan así, es que cuando ellos se encuentren en condiciones de necesidad, con todo derecho los pueden tratar como ellos trataron a los demás.

Tenemos, por último, la actitud que todo buen cristiano, o que cualquier persona interesada en el bien común debería adoptar. El mensaje de Jesucristo tenía –y mantiene– un profundo mensaje emancipador, de liberación, de autonomía. Los evangelios son mensajes de profundo amor, pero también de denuncia social, de condena a la hipocresía de la sociedad de la época, de crítica a los poderosos y a la jerarquía. Son el mensaje de esperanza que Dios nos envío a todos mediante su hijo, Jesucristo, y sus profetas.

Resulta bastante obvio que cualquier intento de una persona o grupo de personas por cambiar el mundo resultaría un intento tan vano como el de acometer molinos de viento armado con lanza y a caballo. Por más bien intencionadas que estas personas fueran, por más energía, talento y voluntad que pusieran en la tarea. Llegaría un momento en que, o simplemente terminarían por frustrarse, abandonando su noble tarea, o simplemente perecerían por llegar al término natural de sus vidas.

Diferente es la situación si ese mismo grupo de personas, o incluso un individuo en forma solitaria, concentrara sus energías en comenzar a cambiar las cosas en su comunidad, en su entorno local de pertenencia. Ese espacio geográfico, al cual se sienten ligados, ya sea porque allá nacieron y vivieron toda su vida, o porque allá trabajan, o tienen amigos, o un amor, o cualquier razón que pueda tener un hombre para sentirse integrante de una comunidad. La historia de la Humanidad nos enseña que la praxis social ha estado siempre ligada a una comunidad determinada. Ese fue el mensaje que vivieron las primeras comunidades cristianas. El que se vivió en la efímera experiencia social que fue la Comuna de París. La palabra iglesia misma, deriva del griego ekklesia: asamblea.

Es esa misma forma de vida que nosotros queremos rescatar. En la medida que se pueda o se asuma el compromiso. Puede ser desde la simple asistencia y eventual colaboración en organizaciones barriales, comunitarias, comisiones de vecinos, parroquias, escuelas; hasta el compromiso de vida de conformar una vida en comunidad, donde todo sea compartido: ingresos, trabajo, propiedad, derechos y deberes de los comuneros. Este último es el caso de la comunidad que hemos fundado en Valizas.

Nació inspirado en el ejemplo de Jesucristo y sus apóstoles, para acercar la fe a la gente, en lugar de esperar que la gente se acerque a esos lugares tan inundados en incienso que asfixian los corazones. Facilitar, democratizar la llegada a Dios, en lugar de convertirlo en un rito iniciático. Para integrarse a la comunidad es necesario cumplir tan solo con tres condiciones:

    a) Sentir un profundo compromiso con el mundo
    b) Deseo de profundizar en temas de la fe
    c) Disposición a avanzar en actividades de formación.

Las actividades de formación son una actividad fundamental, destinada a ir pasando de un grupo de individualidades, a la existencia de una comunidad humana, de forma tal que al final del proceso las personas que lo deseen puedan unirse al proyecto de vida comunitaria.

Por ello, entre las actividades de formación que deberán ser llevadas a cabo están las que vayan reforzando la:

    - Comunicación
    - Confianza
    - Participación

Para llegar en último lugar a la CONVIVENCIA, que es el proyecto final de la vida cristiana en comunidad.

Hay 10 pautas básicas para llegar a conformar la comunidad:

1. Estar abiertos a la sociedad y al momento histórico que nos ha tocado vivir.

2. Compromiso activo con los sectores más débiles de la sociedad: los pobres, los indigentes, los enfermos, los niños, las mujeres.

3. La liberación espiritual no puede alcanzarse sin liberación de las necesidades materiales y culturales más básicas. El compromiso cristiano es de lucha contra las condiciones que oprimen a los seres humanos: espirituales, intelectuales y materiales.

4. La única jerarquía admitida dentro de la comunidad es la de Dios. La práctica emancipadora no admite ni la existencia de jerarquías, ni de burócratas, ni de caudillos, ni de vanguardias iluminadas. Aquel que más tenga, debe compartirlo con sus hermanos. Aquel que más sepa so-

bre algo, debe poner ese conocimiento al alcance de todos.

5. *Pluralismo: todo cristiano es bienvenido, toda persona que desee compartir nuestro estilo de vida es bienvenida.*

6. *La opción por la comunidad debe ser personal, producto de una decisión consciente y autónoma de cada persona.*

7. *Comunidad de hermanos y hermanos, que viven en comunidad material y espiritual.*

8. *Todos somos iguales. Todos participamos del trabajo y gozamos de sus frutos. Todos tenemos voz y voto en las cuestiones que hacen a la comunidad. La comunidad es un arma cargada de esperanza que apunta hacia el futuro.*

9. *No existe el pecado original. De otra forma, Dios sería un ser vengativo, que castigaría a toda la humanidad por el pecado cometido por Adán y Eva. Y si Dios fuera vengativo, entonces no sería ni bondadoso ni justo.*

10. *El bautismo es un sacramento que ha de ser administrado cuando la persona lo ha solicitado libremente.*

Para concluir con este manifiesto, solo queremos decir bien fuerte, queremos gritar al mundo para que nos oiga:
¡CRISTIANOS DEL MUNDO, UNÁMONOS!

Le dieron una copia del documento a Matías Evangelista, un joven de la zona que se había convertido en seguidor de las enseñanzas de Jesús luego de escucharlo predicar varias veces en Aguas Dulces. Trabajaba en la imprenta de un pariente y se comprometió a imprimir dos mil copias gratuitas para repartir, y a colgarlo en una página web de Internet.

El conciliábulo

Fue entonces que algunos integrantes del clero uruguayo comenzaron a preocuparse por las enseñanzas y hechos de Jesús Maggo y sus apóstoles. Una semana después de la publicación del manifiesto, varios integrantes del clero uruguayo mantuvieron una reunión privada en un chalet de la Costa de Oro. Uno de ellos fue el padre Villanueva Sigena.

La citación había sido para las 11 de la mañana de aquel día. Él llegó apenas pasadas las 12 del mediodía al coqueto chalet, una de tantas construcciones similares en el largo collar de balnearios de Canelones: una casa de tres dormitorios, dos baños (uno de ellos en suite en el dormitorio principal), cocina, y sala de estar. El techo era de tejas coloradas. Al frente, una reja verde enmarcaba al pequeño jardín y el caminito de piedra laja que llevaba hasta la puerta principal de la vivienda. Del otro lado, un muro cercaba el amplio patio del fondo. Otro camino de piedra laja llevaba de la cocina hasta la barbacoa que se encontraba contra el muro del fondo. Había allí un bañito, una salón principal con una larga mesa de madera, dos largos bancos –también de madera–, varias sillas blancas de plástico, una heladera vieja, una mesada recubierta de azulejos rojos, y por último, el moderno ágora de las viviendas uruguayas: la churrasquera.

No tenía idea de porque lo habían citado a esa reunión la noche anterior, pero si la llamada de Monseñor lo había desconcertado (la relación entre ambos era, en el mejor de los casos, distante), cuando vio al resto de los asistentes su desconcierto aumentó a la par de su preocupación. Salvo por la franja etárea y su condición de católicos, nada más lo unía al resto de los presentes. Ni vínculo de amistad, ni de confianza, ni de simpatía, ni de camaradería lo unía a aquel grupo. Allí estaban el octogenario sacerdote Córcega, huraño y conservador; el aún más viejo cura Mario Asención, conocido por sus ideas particularmente retrógradas incluso dentro de la Iglesia Católica, que incluía su creencia en el derecho divino de los gobernantes y negarse a oficiar las misas en otro idioma que no fuera el latín (razón que motivó su forzado retiro luego del Concilio Vaticano II); un sacerdote italiano de nacimiento y profundamente apegado a la ortodoxia al cual reconoció por el rostro pero no pudo recordar ni su nombre ni su apellido; el eminente teólogo laico Franco Correa, vinculado al grupo Tradición, Familia y Propiedad; Alejandro Borja el influyente sacerdote de los ricos y poderosos; y José Balaguer, el más joven de todos a sus cincuenta y tantos años, pero que tenía una forma de pensar casi tan anticuada como la del propio cura Asención.

De todos modos ya era tarde para echarse atrás. Saludó a todos uno por uno, sin efusividad pero con cortesía profesional y fue retribuido de igual forma por cada uno de los presentes, con la excepción del viejo Asención, que se limitó a darle la mano sin mucho ánimo y murmurar algo en forma ininteligible, aunque todos comprendieron claramente que no había sido nada bonito. Cumplidas las formalidades, tomó asiento en una de las sillas blancas de plástico, que precavidamente reforzó colocando otra debajo. Es que siendo un hombre voluminoso, más de una vez había terminado con su humanidad en el piso y su orgullo más lastimado que sus posaderas. Balaguer, que como integrante de la diócesis de Canelones oficiaba de anfitrión en la casa, le llevó un vaso de whisky con tres piedras de hielo y le acercó una tabla donde había fiambres y quesos picados. Arriba de la mesa también había un platito con aceitunas sin carozo, papas chips, maní tostado, galletas saladas y queso roquefort.

–No es Ye Monks, pero creo que se puede tomar –le dijo Balaguer intentando hacer un chiste.

El padre Sigena sonrió gentilmente apreciando el intento.

–Está muy bueno –respondió finalmente, luego de tomar dos pequeños tragos–. ¿Qué marca es?

–Me extraña de un conocedor como usted –replicó Balaguer–. Es Jhony negro.

–Gracias por la confianza, pero en materia de whiskys nunca me he considerado un conocedor. En cambio, sobre vino... –pero no terminó la frase porque se dio cuenta que estaba a punto de cometer el pecado de la soberbia–. ¿Sabe si viene "Perico" a esta reunión? –preguntó en vez.

–No, no viene. El padre "Perico" no está invitado a esta reunión, usted es el único religioso de ideas... de ideas... bueno, de ese tipo de ideas que tienen ustedes, al que he invitado a esta reunión. Porque pese a lo poco que las comparta, no puedo negar que es usted uno de nuestros más brillantes teólogos –Sigena y Balaguer reconocieron inmediatamente la voz rasposa y con acento levemente extranjero que había hablado. Monseñor había llegado y todos se pusieron de pie.

Tenía aproximadamente la misma edad que el padre Sigena, era de estatura mediana (un poco más tendiente a bajo que a alto), de complexión no muy robusta, pero su corto cuello le daba un aspecto de ser más fornido de lo que era en realidad. Era prácticamente pelado salvo por una mata de cabello plateado que, como una corona de laureles, se extendía de oreja a oreja por la parte posterior de su cráneo. Su mirada, autoritaria y severa, siempre era directa. Si sus ojos hubieran sido azules también habría sido glacial, pero el color marrón la entibiaba un poco, como el sol al viento frío del otoño. El gesto de su boca generalmente adusto, como a punto de morder. Su rostro era redondo y su nariz ganchuda. Todo en su expresión facial hacía pensar en un perro fiero pronto para morder.

Pese a ser tan conservador como el padre Córcega, intentaba dar una imagen de tolerante y abierto, sin tener mucho éxito en el intento, probablemente porque ni él mismo creía mucho en esa imagen y no le ponía demasiado empeño.

Saludó a todos alzando la mano derecha e inclinando levemente la cabeza, Sigena, Correa, Borja, el italiano y Asención respondieron el gesto, Balaguer se acercó le estrechó la mano y le dio un beso en la mejilla derecha, mientras que Córcega se levantó, Monseñor llegó hasta donde estaba y se dieron un abrazo. Terminados los saludos todos volvieron a tomar asiento salvo el anfitrión, que tomó un vaso, fue hasta la heladera a buscar hielo, luego sirvió whisky y se lo llevó a Monseñor, le acercó la tabla de fiambres y quesos, y recién después de agasajar de esa forma al último invitado volvió a tomar su asiento.

Monseñor se sentó en una de las sillas de plástico en la cabecera de la mesa que estaba del lado de la churrasquera, a su derecha, en uno de los bancos largos de madera, tomaron asiento Córcega, el cura Asención y el teólogo Correa, a su izquierda, en el otro banco, se sentaron Balaguer, el religioso italiano, y Borja. Sigena siguió sentado en su doble silla, pero acercó la misma al banco del lado izquierdo. No estaba cómodo en semejante compañía, y empezó a sudar, más por los nervios que por el calor que emanaba de la churrasquera.

—Algunos de ustedes saben porque los cité a esta reunión —comenzó diciendo Monseñor, mirando a Balaguer, a Córcega y al teólogo. Hablaba pausadamente, no tanto porque estuviera pensando que decir, sino por deformación profesional. Era como si estuviera oficiando una misa–. Pero el resto de ustedes no tienen idea, aunque puede que lo sospechen –en esta ocasión miró especialmente al padre Sigena–. Pues bien, el motivo de esta reunión es intercambiar opiniones y definir un curso de acción respecto al panfleto ese que fuera publicado la semana pasada por un grupo seudo-cristiano, y que a muchos nos ha preocupado por el contenido marxista que contiene.

–¡Ese panfleto es una burla a nuestra Iglesia! Más que una burla: ¡es una AFRENTA! ¡Otra vez esos bolches quieren atacar nuestro honor, burlarse de nuestros valores y principios, dejarnos en ridículo, confundir a la juventud! –explotó el cura Asención.

–Coincido plenamente con ambos –intervino Correa–, he estudiado detenidamente este panfleto los últimos días, y su inspiración marxista es indiscutible, pero lo que es peor, es que mezclan el marxismo con parte de la doctrina social de la Iglesia, y le agregan herejías como el pelagianismo y su negación del pecado original, que es un atentado directo a la misión redentora de Jesucristo, y con doctrinas de otras comunidades cristianas como los anabaptistas sobre el bautismo.

–Bien. Me parece que no tenemos dudas del tenor. La pregunta es: ¿qué curso de acción debemos tomar? –inquirió Monseñor.

–No es sencillo saber que debemos hacer –tomó la palabra el padre Córcega–, pero lo peor que nos puede pasar hoy, es no decidir nada. Porque mientras más nos demoremos, más seguirá avanzando esta enfermedad, como un cáncer que se propaga en un cuerpo sano, y llegado cierto momento ya no se lo puede combatir. Hagamos lo que hagamos, debe ser algo que permita extirpar este quiste cuanto antes.

–¡Sí ustedes tienen miedo de decirlo yo no: DEBE MORIR! Ese bolche falopero que anda predicando el amor libre universal y se dice hijo de Dios, debe morir. ¡A las frutas podridas hay que eliminarlas y dárselas a los cerdos antes que pudran a todo el cajón! –vociferó el viejo cura Asención.

–Agradezco su pasión padre –le dijo comprensivamente Monseñor–. Pero hay ciertos cursos de acción extremos que no son aconsejables. ¿Qué ganaríamos con matarlo? Absolutamente nada. Mucho menos si con los recursos de que disponemos, podemos emplear medios más sutiles. Podemos eliminarlo sin recurrir a la violencia física.

–Estoy en un todo de acuerdo con Monseñor –terció Borja, que hablaba por primera vez en la reunión–' vivimos en tiempos en los que la eliminación física de nuestros adversarios es una práctica, cuando menos, desaconsejable. Creo que podemos atacar por otros flancos. Podemos comenzar por sacar algún documento que responda al panfleto ese, al mismo tiempo, podemos comenzar una campaña de descrédito público, realizar operaciones de prensa. Ya saben: una reputación se construye durante años, pero bastan pocos segundos para destruirla.

–Coincido con Monseñor y el padre Borja –terció Correa– aunque voy a hacer una precisión: debemos elaborar un documento, pero que no sea una respuesta directa al *"Manifiesto Cristiano"*, porque eso significaría que le estaríamos dando demasiada importancia. Yo creo que lo mejor sería sacar un documento genérico que responda a los ataques contra la fe, sin mencionar a nada ni nadie en particular–. Pues bien, si estamos todos de acuerdo, eso es lo que haremos de ahora en adelante. Yo propongo que además de eso, lo mantengamos discreta pero cercanamente vigilado. Ya hay rumores de que este falopero y sus seguidores hacen milagros, que son sanadores, que realizan curaciones –agregó finalmente Monseñor.

Casi todos los religiosos se miraron y aprobaron tomar esas medidas. Solo el padre Sigena se mantuvo aparte de ese complot que se estaba tramando. Aun estaba absorto, meditando lo que acababa de suceder. Había sentido como le hervía la sangre cuando habló el viejo cura Asención, pero luego, cuando se proponía intervenir, lo habían sorprendido las palabras de Monseñor, gratamente al principio, pero luego, descubrió la verdadera razón tras esas palabras de relativa tolerancia. (*Monseñor quiere evitar la posibilidad de crear un mártir. A él le pasa algo que ni se le pasa por la cabeza al viejo reaccionario de Asención: Monseñor tiene dudas sobre Jesús Maggo. Pero claro, eso no lo puede decir*).

–Padre Sigena, ¿qué opina usted? –la voz, de tono ligeramente socarrón de Monseñor lo sacó de su mutismo.

–Pues que no estoy de acuerdo, por supuesto. Estamos condenando a un hombre antes de saber si es culpable de nada. ¿Acaso no deberíamos darle la oportunidad de que explique sus acciones? Recordemos que nuestra justicia reconoce el principio de presunción de inocencia hasta que se demuestre lo contrario. ¿Nos pondremos nosotros por encima de nuestra justicia? Es cierto que en el *"Manifiesto Cristiano"* hay ideas y conceptos que podrían considerarse heréticos, y otros cercanos al marxismo; pero me parece que se están olvidando que el espíritu general del documento es un llamado al amor, a cambiar el mundo desde una perspectiva cristiana. Y eso, en el mundo tal como está, ya me parece algo valioso.

–¡Ja! –exclamó burlonamente Monseñor– parece que en todo grupo siempre hay un Nicodemo.

El padre Sigena se sobresaltó al escuchar ese nombre. (*¿Puede ser que este hijo de puta lo sepa? ¿Me tenía vigilado?*) la mente le bullía frenética, a la misma velocidad que su corazón desbocado palpitaba. Miró fijamente a Monseñor. (*Tranquilizate*) se ordenó, (*no sabe nada, lo dijo solo para burlarse. Respondele*).

–Muchas gracias, Monseñor –su tono de voz fue calmo, pese a que el corazón le seguía latiendo en la garganta–. Me halaga la comparación con el único miembro del Sanedrín que fue capaz de ver la verdadera naturaleza de Cristo.

Las mejillas de Monseñor tomaron una coloración rojiza. El resto de los presentes quedaron mudos, atónitos.

–Así que para usted yo, y el resto de los acá presentes, somos todos Caifás –la suavidad con la que habló solo hizo más terrible la respuesta.

–Nunca quise decir tal cosa. Solamente le quise recordar a Monseñor, que Nicodemo, tuvo razón frente al resto de los integrantes del Sanedrín.

–Ya veo. Entonces usted cree que este... que este...¡GOLIARDO!... ¡que este grupo de goliardos!, que han escrito este panfleto que tiene conceptos que usted mismo ha reconocido como heréticos... en realidad, podrían tener razón, y que este tal Jesús de Valizas, hijo de madre soltera y atea, podría llegar a ser hijo de Dios.

–No. No estoy diciendo eso. (*Aunque ciertamente lo creo*). Lo que digo, es que deberíamos recordar lo que dijo el propio Cristo a sus apóstoles cuando estos le dijeron que le habían prohibido a un hombre expulsar demonios: *"No se lo impidan; el que no está contra ustedes está con ustedes"*. Esto está escrito en Lucas 9, 50.

–Le recuerdo, Sigena, que acá no estamos hablando de alguien que se limita a hacer curaciones y exorcismos en nombre de Cristo. Si bien no aprobamos esas acciones, mientras no tergiversen las doctrinas cristianas no nos interesan. En este caso, es un tipo que se atrevió a publicar un documento que es un llamado a los cristianos, pero que es una burla a las doctrinas oficiales de nuestra Iglesia, que toma elementos del marxismo, enemigo declarado de la religión, especialmente del cristianismo, y que encima lo han titulado *"El Manifiesto Cristiano"*. A ver, Padre Sigena, ¿que otro manifiesto famoso conoce usted en la Historia? –se desahogó Monseñor–. Pero no crea que termina ahí, porque este sujeto, este infiel, porque creo que ni bautizado es, ¡encima se dice hijo de Dios y capaz de realizar milagros! ¡UN SEGUNDO JESUCRISTO! ¡Una segunda venida! ¡Un nuevo profeta! ¿¡Está consciente de que pasaría si llegan a ser populares las enseñanzas de este chiflado!?

–¿Sabe usted cuántos embusteros se han hecho pasar por Jesucristo en lo que va de historia del cristianismo? –le preguntó el teólogo Correa–, **¡129 tiene registrados el Vaticano!**, sesenta y uno de ellos desde el final de la Segunda Guerra Mundial. Algunos eran locos inofensivos, otros extraviados por súbitos arrebatos de misticismo, pero otros han hecho mucho mal. ¿Debo recordarle al reverendo Jim Jones y las 900 personas que llevó a suicidarse en masa en la Guyana?, ¿o al fundador de aquella secta que decía que era el Cristo y el Anticristo al mismo tiempo, producto de la unión entre Dios y una mujer de mala vida?, ¿a "Jesús" Jung, que ha sido acusado de violación?, ¿está al tanto del japonés que fue procesado por fraude?, ¿del travesti filipino que dice ser la reencarnación homosexual de Jesucristo?, ¿del pastor mediático que dice hacer curaciones y sufrir los estigmas de Cristo?

–Lo entiendo –dijo dirigiéndose al teólogo– pero usted se está olvidando que, a diferencia de los casos que acaba de mencionar, Jesús Maggo nunca se ha autoproclamado ni como la segunda venida de Jesucristo, ni su reencarnación. Hasta ahora es más parecido a una suerte de Mahoma que a todos esos casos que relató. Por tanto... reitero lo que dije anteriormente.

Los miró a todos, y antes de que alguien tomara la palabra, retomó su discurso: *"Y para terminar, voy a decirles a todos ustedes que el problema de nuestra Iglesia es que, justamente, nos preocupamos demasiado por lo que hacen otros grupos y personas, en lugar de preocuparnos por las cosas que hacemos nosotros. Me parece que en temas de fe, el problema es que muchos piensan que tienen la verdad absoluta, y se concentran en señalar los errores y debilidades de los otros pero nunca las propias. Tanto más fácil sería todo si en lugar de preocuparnos por señalar y acusar a los demás, comenzáramos por ver nuestros propios errores y dejar hablar y opinar a todos pacíficamente. Que la tolerancia fue otra de las enseñanzas de Cristo. De repente, así dejaríamos de perder fieles algún día. Esta es mi opinión, y creo que ya no pertenezco a esta reunión".*

Así terminó de hablar, e incorporándose, se despidió de los presentes haciendo un gesto con la cabeza y se retiró del chalet con el cerebro trabajándole a miles de revoluciones por segundo. Los demás, quedaron un rato callados la boca, mascando la bronca que les habían generado las palabras del padre Sigena. Luego, con los whiskys y el asado que comieron, se olvidaron de Villanueva Sigena y siguieron discutiendo sobre como llevar a la práctica lo que habían decidido hacer con Jesús Maggo.

–Jesús Maggo –murmuró el padre Córcega– ¿será algo de aquel Simón Mago mencionado en los *Hechos de los Apóstoles*?

–Lo dudo mucho padre, además, no era Simón Mago sino Simón el Mago... aunque, de repente podríamos usar este afortunado parecido a favor de nuestros intereses –respondió Correa.

La predicación en Punta del Este

Ajenos por completo a las fuerzas reaccionarias que en secreto complotaban contra ellos, en Valizas, Jesús y sus apóstoles se aprontaban para volver a transitar las rutas, calles y caminos para llevar su mensaje a aquellos que quisieran oírlos. A propuesta del propio Jesús habían decidido, por votación mayoritaria, traspasar las fronteras del departamento de Rocha y llegar hasta Maldonado. Específicamente habían acordado aprovechar un par de días de enero para predicar en Punta del Este, principal balneario argentino en Uruguay. Lugar de descanso elegido por la mayoría de los ricos, poderosos y famosos de la región. En definitiva: el yang en el yin que es Valizas, y viceversa.

Para llegar hasta el glamoroso balneario comenzaron repitiendo la caminata del año anterior a La Paloma: partieron de madrugada, caminando por la playa, en ese momento antes de la salida del sol, en el que el cielo tiene una luminosidad celeste y refrescante. Nuevamente les llevó dos días completar la travesía. Una vez allá fueron hasta la terminal de ómnibus y luego de esperar varias horas, abordaron un coche que los dejaría en su destino, previo trasbordo en Rocha. Llegaron al anochecer, cuando se encendían las primeras luces. En los últimos kilómetros de recorrido, entre la terminal de Maldonado y la de Punta del Este, los hermanos Petra y Andrés fueron con las ñatas pegadas contra las ventanas del coche, parecían de esos gurises chicos que se paran afuera de una juguetería o una confitería maravillados por las cosas que el adentro les ofrece, y se deleitan seleccionando los juguetes que algún día, si los Reyes Magos o Papá Noel andan generosos les podrían regalar, y saboreando los dulces que otro día, si se quedan con el suficiente cambio de los mandados, podrían llegar a comprarse para envidia de sus amigos y hermanos.

"¡PAAAHHH!" "¡FUUUAAAAA!" exclamaron ambos una vez descendieron del ómnibus y pudieron contemplar todo: las luces, el bullicio, las modernas edificaciones, los lujosos automóviles (y los no tan lujosos también). Todo lo que vieron les pareció nuevo, luminoso, excitante... hasta el asfalto. Sus cerebros se vieron desbordados de tantos, tantos, tantos, tantos, tantos, tantos y tantos impactos sensoriales. Simón, sin

embargo, opinó de manera muy distinta a sus hermanos: *"Es demasiado grande, demasiado luminosa, demasiado ruidosa, demasiado asfaltada, demasiado cara, demasiado pomposa y demasiado artificial"*. El resto del grupo rió con la contundente opinión de Simón, y no hicieron caso ni de sus quejas ni de las miradas curiosas de los turistas cuando salieron a gorlerear.

–¡Pasear! ¡se dice pasear! –protestó Simón cuando el *"Sanabichos"* utilizó el neologismo–. ¿O acaso en Valizas dices vamos a *"valicear"* cuando sales de paseo, o a *"solariar"* cuando estás en La Paloma?

–No. Pero acá sí se usa. Y en La Paloma hay gente que se refiere a *"balconear"* cuando van a la playa de La Balconada. Y deja ya de quejarte que te vas a volver viejo y arrugado antes de tiempo.

Y pese que lanzó un bufido, al final, Simón no pudo evitar que una sonrisa se le dibujara en el rostro.

Esa noche acamparon en la Mansa, la extensa playa que se extiende sobre la Bahía de Maldonado, del lado del Río de La Plata, llamada así por ser la que se encuentra más protegida de los vientos. Se despertaron al clarear, y mientras algunos desmontaban rápidamente las carpas y guardaban las cosas, otros calentaron agua para el mate en una garrafita y otros untaban galletas con paté para todo el grupo. Aprovecharon la mañana para disfrutar de la playa: los varones armaron un picadito, Paola intentó leer –entre pelotazo y pelotazo– un libro que se había llevado, Petra fue la que más tiempo estuvo en el agua, mientras que Jesús y Natalia con la excusa de salir a caminar aprovecharon para estar a solas un buen rato.

Por la tarde, finalmente, retomaron su actividad misionera. Lo hicieron en la playa del otro lado de la península. La Brava es la más concurrida de las playas cercanas a Punta del Este. Por encontrarse abierta hacia el Atlántico su característica es precisamente la opuesta a la Mansa: tiene mucho más oleaje, fuertes corrientes y sus aguas son más saladas. Una serie de paradores se extienden en diversos puntos de la playa a lo largo de la misma en dirección al Este. Entraron a la playa a la altura de los *"Dedos"*, una conocida obra escultórica que representa cinco dedos emergiendo de la arena, como si un gigante gris y pétreo estuviera luchando vanamente por emerger desde el fondo. Desde que la obra fue inaugurada allá por la década de los 60' se ha convertido en un emblema del balneario.

En ese punto fue que Jesús volvió a predicar después de tantos meses, y se dirigió a una multitud de miles de personas como nunca antes lo había hecho.

—¡Quiénes no estén sordos, que escuchen lo que tengo para decirles! —comenzó exclamando—. Ustedes, afortunados turistas que veranean en Punta del Este, en este balneario glamoroso y hermoso, yo les digo: ¡eviten la codicia!, porque aunque crean tenerlo todo, todos los hombres son iguales adentro del cajón, y no diferencian los gusanos el cadáver del rico del cadáver del pobre, ni el cuerpo del rey del cuerpo del siervo más humilde. Cuando pase el tiempo y no sean más que polvo, no serán las posesiones que dejen atrás las que les den vida, sino la memoria que de ustedes guarden sus seres queridos, las anécdotas que compartan entre sí, que les relaten a sus hijos y nietos. Que no les pase como a aquel famoso avaro que pasó la mayor parte de su vida acumulando dinero en una cuenta bancaria, y nunca le parecía bastante para dejar de juntar y juntar y dedicarse a disfrutarla, hasta que finalmente fue muy tarde y la muerte lo sorprendió con una suculenta cuenta bancaria que quedó para el Banco.

—¡Eso! ¡A ver si convences a mí hermano de que no me cague con la herencia! —gritó un hombre de mediana edad desde una reposera.

—Quiénes disputan para heredar de los muertos están muertos ellos mismos, puesto que ¿cómo va a heredar alguien vivo de un muerto? En cambio, quien hereda de los vivos, esos están vivos, porque si no, estarían muertos y sería imposible que heredaran, por tanto, el muerto que hereda de los vivos... ese está vivo.

—¿QUE QUÉ? —preguntó el hombre, desconcertado, al igual que muchos de los presentes.

—Quiero decir que sí tu hermano está de vivo por el tema de la herencia, déjalo y no te sumes a su codicia, porque por más vivo que se crea, ya está muerto por dentro.

—Aaaahhhh... ta. Gracias igual flaco, seguí con tu *"amor y paz"* que yo igual voy a hablar con mi abogado.

—Haz como quieras, hermano, y sé feliz. Y al resto de ustedes —dijo volviéndose al resto de las personas en la playa—, les digo que si hacen como este hombre, si pese a todo se niegan a cambiar sus corazones, sus cabezas, sus prioridades, sus vidas; entonces les digo que ya la han

97

perdido, y lo que llaman *"vida"* es simplemente un dejar pasar el tiempo hasta que llegue el fin de su ciclo vital.

La tarde comenzaba a declinar mientras él seguía dirigiéndose a la multitud, hasta que se le acercaron algunos de sus discípulos. Judas le dijo *"Jesús, creemos que ya es hora de ir terminando. El Sol va a comenzar a ponerse y está refrescando. Mucha gente ya está comenzando a subir de la playa, y otros están yendo a los paradores para tomar y comer algo"*.

–¿Por qué no les ofrecemos nosotros mismos una merienda? –les preguntó él–. Vayan y traigan la garrafita que tenemos, y con ella, un paquete de harina y un paquete de sal. También uno de los bidones de agua. Y alguien que vaya a un supermercado y compre un paquete de grasa.

–¿Lo estás diciendo en serio?

Jesús se limitó a mirarlos, pero fue de una manera tan intensa y profunda que toda duda salió de ellos y se apresuraron a hacer lo que les había indicado. Llegaron con la garrafa, la prendieron, y pusieron la caldera llena de agua. Mientras Paola y Natalia iban a comprar el paquete de grasa, Jesús ensilló el mate que habían estado tomando toda la tarde, y cuando el agua hirvió vertió el agua dentro del termo de aluminio. Eva y el Lalo comenzaron a amasar la harina con agua caliente, le echaron sal, y cuando volvieron las dos amigas con la grasa ya tenían todo pronto para comenzar a hacer las tortas fritas.

Entonces, cuando tuvieron suficientes tortas fritas y el agua caliente en el termo, Jesús miró al cielo y bendijo ambas cosas, porque ambas eran buenas, e instruyó a sus discípulos para que comenzaran a repartir tortas fritas entre la gente, mientras él mismo recorría la multitud cebando mates. Solo unas pocas personas se negaron a tomar el mate porque era amargo, y algunas jóvenes no quisieron comer tortas fritas: por miedo a engordar la mayoría, por ser comida "grasa" las menos. Los apóstoles (que terminaron agotados) calcularon que con menos de un kilo de harina y un paquete de grasa habían sacado tantas tortas fritas para repartir entre cinco mil personas, y que lo mismo había rendido un termo de agua caliente.

El único problema fueron los vendedores ambulantes de alimentos y los encargados de los paradores: unos y otros fueron a recriminarle a Jesús y sus apóstoles que estuvieran repartiendo alimento y bebida gratuitamente entre los turistas, porque al hacerlo los estaban perjudicando en sus negocios. *"¡Yo soy pariente de un edil, ustedes no pueden hacer esto, los voy a denunciar!"*, los amenazó un vendedor ambulante, recibiendo la aprobación de otros vendedores y los encargados de los paradores.

Tanto fue el revuelo generado que terminó por apersonarse hasta la playa un grupo de inspectores municipales acompañados por dos patrulleros policiales.

—Su carné de vendedor ambulante señor —solicitó con tono imperativo el inspector que parecía más veterano.

—No tenemos señor…

—¿Cómo?, ¿no saben que para expender alimentos y bebidas en la playa deben contar con un caRné expedido por la Dirección de Higiene Ambiental? —lo interrumpió el mismo inspector.

—Es que no somos vendedores ambulantes señor.

—¿Pero no estaban ustedes expendiendo alimentos en esta playa?

—Sí. Pero no las vendíamos. Las estábamos dando a la gente que tenía hambre.

—Eso no cambia nada… por más gratis que fuera, estaban expendiendo alimentos en la playa sin contar con el permiso correspondiente.

—¿Qué tipo de alimentos estaban ofreciendo? —preguntó el otro inspector, interviniendo por primera vez en la situación.

—Mate y tortas fritas —respondió Jesús.

—Pues están cada vez más complicados, amigo —habló nuevamente el inspector más veterano, meneando la cabeza—. Según el artículo 8 del decreto nº 3707 del año 96, los únicos alimentos que se pueden comercializar en la playa son helados, panchos, alfajores, sándwiches y emparedados. Y las únicas bebidas habilitadas para la venta son café y bebidas refrescantes que estén envasadas de origen. Noto que tampoco visten la ropa blanca reglamentaria ni el gorro —agregó mirando a Jesús y los apóstoles de pies a cabeza.

Jesús se limitó a encogerse de hombros. Diego, Simón, Andrés y el *"Sanabichos"* fueron a duras penas contenidos por el resto de los Doce, cuando quisieron ir a increpar a los inspectores municipales. Alejados, conferenciando entre ellos, los dos inspectores intercambiaban opiniones sobre qué hacer.

–Muy bien. Hemos tomado una resolución –anunció por fin el inspector veterano–. En vista de que los acusados han expendido alimentos no permitidos en la playa, sin contar ni con el carné correspondiente, ni con la vestimenta estipulada, violando por tanto los artículos 1, 5 y 8 del decreto 3707 de la Intendencia Municipal de Maldonado; hemos decidido decomisar los alimentos y aplicar una multa de diez unidades reajustables a los responsables, según lo establecido en los artículos 19 y 21 del referido decreto.

Al día siguiente, temprano por la mañana volvieron con intención de seguir predicando en el mismo punto de la Brava, sin embargo se encontraron con un espectáculo inesperado... porque a lo largo de la playa habían no menos de una decena de hombres (y alguna mujer) dirigiéndose a diferentes grupos de personas, declamando en voz alta. A la derecha del lugar por el que habían llegado a la playa, se encontraban tres individuos –cada uno situado más o menos a 50 metros entre sí– que vociferaban cosas a la multitud. El más cercano a ellos, un individuo de edad mediana prolijamente afeitado tenía un aspecto que hacía pensar en un mafioso latino de Miami (de esos que aparecen en las malas seriales de televisión y en películas clase "B"), con su traje claro, sombrero tipo Panamá, camisa multicolor a cuadros, y mocasines blancos. *"¡Aleluya! ¡Aleluya! ¡Agárrense de las manos, hermanos! Si queremos, unos con otros podemos"* repetía histéricamente a la multitud, señalando al cielo, *"¡alabemos al Señor! Pidámosle que nos guíe y nos haga más sabios. Sí están aquí es porque lo necesitan. ¡Todos lo necesitan!, pero ustedes se han dado cuenta... ¡alabados sean ustedes los que hoy oran conmigo! Mi llegada y su presencia es una manifestación de la llegada de Dios. ¡Alabado sea el Señor por eso!".*
El montón de gente que le estaba prestando atención lo vivó.
–¡No le hagan caso a ese delirante –replicó vehementemente el que estaba más cerca del primero, que por su vestimenta, aspecto y edad se parecía a Jesús–, ¡Baghavad Guitá! ¡Baghavad Guitá! ¡Sidarta Gautama! ¡Sidarta Gautama! ¡Bagdad Café! ¡Bagdad Café! Todos, aspiren, retengan, y exhalen. Mediten. Liberen sus cabezas de todo pensamiento. Fluyan. Fluyan. Déjense flotar como flotan las amebas. Sean como las amebas. ¡Sean una ameba! Las amebas no tienen preocupaciones porque

no tienen posesiones… eso… exhalen… y ahora hagan como digo: ¡Largad, guitá! ¡Largad, guitá!

El montón de gente que lo estaba escuchando empezó a arrojarle monedas, billeteras y hasta tarjetas de crédito.

—¡Callate paparulo! —lo interrumpió el tercer individuo. Parecía tener más o menos la misma edad que el otro. Los lentes y la barba tipo candado le daban un aspecto de distinguido intelectual—. No pretendan engañar a la gente. La verdad, estimado y culto público, no está en el exterior ni enterrada en ningún secreto lugar. La verdad es INVISIBLE a los ojos y solo puede llegarse a ella por un recorrido interior que es personal hasta descubrir la luz personal, solo depende ustedes el camino que seguirán. ¡Escuchen su voz interna!... y para saber como hacer para oírla, ¡es que vengo a ofrecerles por única vez este magnífico libro que les permitirá escuchar su voz interior, alcanzar la elevación espiritual, el bienestar material y el poderío sexual! —exclamó mostrando al mismo tiempo un libro titulado *"Licuado de repollo y 100 citas de Osho"*—. Hete aquí un texto que les dejará valiosas enseñanzas para sus problemas cotidianos, y tener una dieta con la que podrán vivir hasta 120 años en plenitud. Yo doy fe de ello, a mí me ha ayudado mucho. Y por ser esta una ocasión especial dejo los diez primeros ejemplares a la módica suma de… ¡a voluntad! Paso en este mismo momento a entregar sin compromiso alguno de compra —terminó de decir antes de comenzar a dejar ejemplares entre el nutrido público presente.

Esta vez, la multitud no solo lo aclamó, sino que en poco rato vendió todos los ejemplares del libro que ofrecía.

Hacia la izquierda el panorama no era muy distinto. En el parador más cercano, una joven hermosa desfilaba incansablemente por una pasarela con un micrófono en la mano, mientras balbuceaba palabras e ideas. Hubiera parecido el show teatral de uno de esos pastores mediáticos norteamericanos... de no ser por la falta de locuacidad de la bella joven, y el diminuto bikini naranja que tan bien lucía contra su piel bronceada. Una gran cantidad de adolescentes varones la contemplaban en su ir y venir, como una manada de lobos hambrientos acechando una presa. *"Tipo... tipo que todo bien con los pobres, ¿vieron? Hay que ayudarlos y ser... ser... tipo, esa palabra que es bueno, pero que es más que bueno, como ser ¡re-bueno boludo! Bueno, esa palabra. Porque a mi no me molesta que los pobres sean pobres. Lo feo es que los pobres huelen mal, y no usan ropa de marca, y trabajan en cosas como cartonero, limpiavidrios o malabarista en los semáforos. ¡Ay!, una vez, paramos con Maru, Belén y Agus en un semáforo y se apareció un pibe que era terrible malabarista y como no teníamos cambio chico le dejamos un pase libre para ir a una disco... ¡y el flaco se puso re-mal BOLUDO, nos puteó maaaallll! Encima que una los ayuda son malagradecidos. Pero no importa porque mi ídola es la Madre Teresa, y a mí, tipo que me gustaría ser como ella, salvo por lo vieja y arrugada, y por vivir en una villa entre tantos pobres"*, estaba diciendo en ese momento la modelo.

—¡Divinaaaaaaaa! Voy a hacer un templo con tus fotos y te voy a rezar todos los días —aulló uno de los hormonales adolescentes y su ocurrencia fue festejada por el resto de la manada.

Un poco más a la izquierda y más cerca de la playa había un barbudo grandote de pelos hirsutos que solo tenía puesto un vaquero viejo y gastado, alpargatas, y un sombrero de ala ancha como el que usan los "cowboys" en las películas del Oeste. Por su altura y por la espesa mata de vellos que cubrían su pecho y espalda parecía más un oso negro que un ser de la especie Homo Sapiens, y su potente vozarrón servía para aumentar esa impresión.

—¡Son todos pecadores! —clamaba señalando a todo el mundo a su alrededor—, ¡todos son pecadores! Usted, allá, es un pecador (señaló a un hombre) sí el que tiene pinta de timbero, usted, señor, el alto con pinta de lascivo que le está mirando el culo a la adolescente... también es un pecador (señaló a otro hombre), y usted también caballero de la calva brillante (señaló a un tercero), y la mujer que lo acompaña pecadora también (señaló a la mujer), y yo... ¡soy pecador también! Pero yo me arrepiento de mis pecados. ¿Quién quiere hacer penitencia conmigo?, quienes hagan penitencia seremos perdonados y entraremos al reino de Dios, pero aquellos que no se arrepientan, serán condenados a arder en las llamas frías del hielo eterno. ¡Síganme y yo les enseñaré a evitar las tentaciones de la carne, a llevar una vida célibe!

Al escuchar sus últimas palabras, toda la gente que lo estaba escuchando comenzó a abuchearlo, y luego se marcharon dejándolo completamente solo.

Un poco más al centro había otro barbudo, pero menos barbudo y de físico mucho menos imponente, parado arriba de una escalera. Tenía unos 45 años y vestía una bata blanca bajo la cual se dejaba ver un viejo short de baño descolorido por el tiempo y el uso. Llevaba una gorra de baño puesta en la cabeza. Se mantenía en completo silencio, absolutamente inmutable, como una escultura viviente, sin prestarle la más mínima atención a los curiosos que se acercaban a mirarlo y sacarse fotos. Colgado alrededor de su cuello tenía un letrero de cartón, en el que, escrito con lapicera azul, se podía leer: *"Desde esta altura contempla y sufre por los males del mundo Simón, el último estilita".*

Más a la izquierda del parador donde la modelo seguía farfullando, había un veterano sexagenario que solo tenía puesta una sunga violeta... lo que le daba un aspecto de actor porno en decadencia. Mostraba sin ningún asomo de vergüenza su prominente barriga de vellos canosos, con el ombligo en puntita como el de algunas naranjas. Tenía varios tatuajes en sus brazos, y uno en su bajo vientre que decía "Sex Machine" con una flecha que señalaba hacia abajo.

–¡Hermanos y hermanas los amo a todos! Porque todos ustedes y yo somos hijos del Único, que nos hizo a su imagen y semejanza. ¡Somos todos emanaciones de la unicidad!, y por tanto, divinos nosotros mismos e incapaces de cometer pecado puesto que somos criaturas de Dios, como el resto de las bestias que pueblan la Tierra. Cualquiera de nuestros actos es un reflejo de Dios en nosotros. ¡CUALQUIERA! Y ninguno de entre ellos más natural y sublime que el acto de amar, de acariciar y de mimar a otra persona. Ya lo dijo Jesús de Nazaret: *"ámense los unos a los otros".* Seamos como somos, somos seres de pasión, de amor, de erotismo, somos carne y espíritu... ¡disfrutemos entonces de los placeres de la carne, porque es un don que el Único no dio para nuestro goce, para hacer más llevadera nuestra estadía mundana! –exclamó en un grito orgásmico.

El montón de gente que le estaba escuchando no solo lo aclamó, sino que varios corrieron hasta él y lo levantaron en andas mientras era rabiosamente aplaudido por el resto.

Más lejos del profeta en sunga había otros más que estaban vociferando sus mensajes en ese mismo instante. Sin embargo, fue un monje del Movimiento Universal de la Conciencia Expandida quien captó la atención de Jesús y sus apóstoles. Estaba enfrente a ellos al lado de la orilla. Pese a la multitud que lo rodeaba se lo distinguía fácilmente por su altura, la cabeza rapada y la túnica amarilla que tenía puesta. Entre quienes lo rodeaban había periodistas, fotógrafos y cámaras de televisión. En ese momento estaba dando una improvisada conferencia de prensa porque afirmaba haber alcanzado la iluminación y planeaba demostrarlo frente a todos caminando sobre las aguas.

—Se los aseguro, en este día, yo habré de repetir la proeza que solo han sido capaces de realizar otros tres iluminados: el Buda Siddhartha Gautama, Jesús de Nazaret, y mi propio maestro el Gurú Maharishi Osoh.

—¿Quién es ese maestro suyo? —le preguntó una joven con pinta de tener un coeficiente intelectual inversamente proporcional a su impresionante belleza.

—El Gran Maestro Gurú Maharishi Osoh fue un religioso hindú nacido en Tacuarembó el 10 de diciembre de 1931, fallecido el 20 de enero 1990 y renacido el 5 de febrero de 2008 según él mismo lo anunció antes de su última muerte. Fue el fundador del Movimiento Universal de la Conciencia Expandida. Sus seguidores nos contamos por decenas en todo el mundo incluyendo políticos, abogados y taxistas, al...

—¡Disculpe! —interrumpió un periodista, mientras a codazos intentaba acercarle el micrófono a la boca del religioso—. Pero se dice que el Maharishi en realidad nació en Francia, en Toulouse.

—Eso es un invento de sus detractores.

—¿Y que hay acerca de las acusaciones de enriquecimiento ilícito? —repreguntó el mismo periodista.

—Más acusaciones sin fundamento de sus detractores. El Maharishi Osoh siempre compartió gratuitamente su sabiduría. Nunca cobró por sus enseñanzas ni por las artesanías que regalaba a sus fieles. ¿Acaso él es culpable de que sus fieles quisieran retribuirle donándole joyas, dólares, automóviles, terrenos y propiedades? Hubiera sido muy fácil para el Maharishi negarse, pero él no podía traicionar la confianza de sus fieles, ni dejar de ayudarlos en su camino de superación espiritual y desprendimiento material —contestó en un tono parsimonioso y devoto.

—¿Y el desprendimiento espiritual del Maharishi? —inquirió, incisivamente otro periodista.

—Está usted confundido. Los discípulos del Maharishi estamos obligados a hacer un voto de pobreza. Pero esas reglas son para nosotros, sus seguidores imperfectos y corruptibles. El Maharishi es tan sabio, tan alto y tan perfecto, que para demostrar su virtud incorruptible él mismo se sacrificó realizando votos de riqueza antes de fundar su Iglesia.

Los periodistas enmudecieron después de tan contundente respuesta, y algunos incluso murmuraron "¡cuanta sabiduría!" y "tiene razón".

—Si me disculpan, debo dar por terminada esta conferencia de prensa porque llega el momento de celebrar el momento de mi iluminación —culminó el enfervorizado religioso.

Luego de meditar y descalzarse entró en el agua. Primero tocó el agua con la punta del pie derecho. Después de lo que pareció un instante eternizado en la duda... comenzó a avanzar en el agua, cada vez más y más lejos de la orilla. Una ensordecedora ola de murmullos, como el molesto ruidos de los grillos en la noche, comenzó a elevarse entre la multitud cuando vieron que el agua le mojaba hasta la rodilla. *"¡Fracasado!"* le gritó un chistoso de entre la multitud y la ocurrencia fue celebrada con una explosión espontánea de risotadas. Pero el monje siguió avanzado, firme, decidido, inmensamente estoico en su evidente fracaso. Cuando el agua le llegó al cuello, las risas y burlas cesaron unánimemente, porque se hizo evidente para todos que el monje pensaba seguir avanzado hasta las últimas consecuencias. Entonces comenzaron a aplaudirlo, a alentarlo para que volviera a la orilla, pero el monje siguió y siguió avanzando hasta que de repente, no se le vio ni la cabeza...

Abriéndose paso como pudo entre la multitud apiñada sobre la orilla, un salvavidas pasó corriendo velozmente y se metió al agua. Avanzaba exigiéndose al máximo, corriendo lo más rápido que le permitía la resistencia sumada del medio líquido y de la corriente. Sin embargo sucedió algo para lo que no estaba preparado, que le hizo perder concentración y tropezar aparatosamente... es que al lado del él, un desconocido había pasado corriendo mucho más rápido, lo cual no era algo tan sorprendente; lo verdaderamente asombroso para el salvavidas fue ver que el desconocido iba corriendo… sobre el agua, apenas mojándose las plantas de los pies. Era Jesús Maggo, que al ver desaparecer al monje bajo las aguas también corrió a salvarlo. *"¡Tribunero!"*, le gritó una voz masculina desde la costa.

Le faltaban unos 60-70 metros para llegar hasta el desgraciado monje, cuando desde la dirección contraria aparecieron dos surfistas en sus tablas y entre ambos lograron recatar al casi ahogado religioso y llevarlo hasta la orilla donde fue atendido por los salvavidas primero, y por el personal de una ambulancia que llegó minutos después.

Jesús llegó caminando de vuelta hasta la costa, cuando aun estaban dándole los primeros auxilios al casi exánime monje. *"¡Imitador!"* lo increpó una vieja con cara de mala, *"impostor"* le dijo el señor que parecía el marido de la señora, y así, otras personas lo trataron de farsante y embaucador, de copión y plagiario, de *"ilusionista barato"* y mago de poca monta, de tramoyero y timador, de vulgar, mediocre y pedestre.

Los medios se ocuparon de cubrir extensamente el infructuoso intento de caminar sobre las aguas del monje y su rescate. Les hicieron notas a él, a los dos surfistas, a los salvavidas, al personal de la ambulancia, y a algunos testigos del hecho. Sin embargo ignoraron olímpicamente a Jesús. *"No lo tomen a mal. Su amigo hubiera sido noticia si le hubiera pasado lo mismo que al delirante ese. ¿Por qué son noticia los aviones que se caen?: porque a la gente no le interesan las buenas noticias, por más raras que sean. La gente quiere recibir malas noticias, porque es la manera que tienen de consolarse pensando que hay gente en el mundo que está pasando peor que ellos"* les contestó un periodista cuando le fueron a preguntar porque no le hacían una nota a Jesús.

Esa misma tarde volvieron a Valizas, después de decidirlo en una rápida y unánime votación a la hora del almuerzo.

Último encuentro con "Nicodemo"

Los últimos días de enero fueron días tristes para Jesús y sus discípulos. Estando en Valizas se enteraron, el viernes 26, del fallecimiento del sacerdote jesuita y reconocido especialista en Derechos Humanos, Luis Pérez Aguirre. Simplemente "Perico" para los amigos. Jesús decidió ir al velatorio con algunos de sus apóstoles. Echaron suertes entre los Doce, y los elegidos por el azar para acompañar a Jesús fueron Diego, Andrés, y Paola. Pero esta le dejó su lugar a Natalia, para sorpresa de todos menos de Natalia, que sin decirle nada, sabía que su amiga de alguna forma ya estaba al tanto de su relación con Jesús. Le agradeció con una sonrisa cómplice el gesto.

Se tomaron el primer coche de la mañana y llegaron a Montevideo al mediodía. Inmediatamente se dirigieron hacia el Colegio Sagrado Corazón, donde se estaba llevando a cabo el velatorio del padre Pérez Aguirre. Una doliente multitud había ido a despedir los restos mortales del querido religioso. Era curioso ver reunidos para honrar a la misma persona, a personas tan distintas: allá estaban los miembros más reaccionarios y los más progresistas del clero, incluyendo a Monseñor y "Nicodemo". Había viejas meretrices, jóvenes prostitutas y distinguidas putas de alta sociedad. Había huérfanos de la vida e hijos del alma. Había políticos de derecha y políticos de izquierda. Había empresarios y sindicalistas. Había ateos, militantes de los derechos humanos que nunca habían pisado una iglesia; y creyentes, ateos de los derechos humanos que nunca habían visto a ese tipo de gente en una iglesia. Esa síntesis humana, esa diversidad condensada, era –posiblemente– el mejor homenaje a un hombre como Pérez Aguirre.

Jesús y el hombre que ellos conocían como "Nicodemo" se limitaron a intercambiar lejanas miradas como todo saludo. Pero apenas pudieron se encontraron afuera del velatorio. Jesús y sus apóstoles ya habían saludado y pasado frente al féretro, y "Nicodemo" salió a la calle *"a fumarme un cigarro"* según se excusó.

Una vez afuera, alejados de posibles miradas suspicaces, los dos hombres, los dos amigos, se abrazaron. Y luego "Nicodemo" fue saludado por Natalia, Andrés y Diego.

–Has sido muy imprudente al venir hoy acá, Jesús Maggo. Muy valiente y muy noble también. Pero te estás arriesgando innecesariamente querido joven –lo reprendió amistosamente el viejo sacerdote.

–Lo sé "Nicodemo". Pero no podía dejar de venir a saludar al Padre Pérez Aguirre.

–¿A saludar?

–Sí. A saludar. Porque los hombres como él podrán morir físicamente, pero renacen en cada afecto sincero que han hecho en este mundo, permanecen en cada obra de bien que han llevado a cabo.

"Nicodemo" sonrió con una mueca de melancolía desprovista de tristeza. *"Sos muy sabio, demasiado sabio para ser tan joven Jesús"*, le dijo finalmente. *"Pero ahora debés escucharme con atención: fuerzas poderosas están conspirando contra vos. No sé cuál es su plan, pero algo van a intentar hacer contra ti y contra tu misión. Me imagino que van a intentar hacerte pasar por loco, que intentarán desprestigiarte, acusarte de cosas sin el más mínimo fundamento ni la menor prueba. Solo te pido que te andés con cuidado".*

–Está bien, te prometo que intentaré ser lo más cuidadoso posible, "Nicodemo". Muchas gracias por el aviso. Y por favor, ten cuidado tú también.

Así se despidieron los dos. Con un abrazo rápido y furtivo, porque "Nicodemo" estaba demorando demasiado para haber salido tan solo a fumar un cigarro. Ninguno lo dijo, pero intuían ambos que sería la última vez que se verían.

Jesús es tentado en la playa

La amargura de esos días se diluyó con el pasar del tiempo y el verano se terminó sin mayores novedades. Jesús y los apóstoles casi no salieron de Valizas en todo ese tiempo. A mediados de febrero, él decidió tomarse varios días de retiro y reflexión. Todas las tardes, durante cuarenta días consecutivos, su rutina fue invariablemente la misma: se aprontaba el mate, armaba un porro, y se iba solo a pasar las últimas horas del día y las primeras de la noche en la playa. No aceptaba la compañía de nadie... ni la de Natalia, que fue la que más sufrió esos días de retraimiento, ni la del *"Sanabichos"*, que era con quien solía compartir las charlas más profundas (después de Natalia, claro), ni la de Diego, que era con el que más solían profundizar en temas religiosos y teológicos, ni la de "Benito", que era con quien más bromas solía compartir, ni la de Lalo, que era con quien más compartía hablar de las naderías más importantes, ni la de los hermanos Andrés, Petra y Simón, que era con quienes más disfrutaba los silencios, ni la de Judas, que era con quien más disfrutaba las tardes de pesca, ni la de Adán y Eva, que era con quienes más solía salir a caminar, ni la de Paola, que era con la que más disfrutaba el cuelgue de fumar.

Fue al finalizar el cuadragésimo día que sucedió. Estaba absorto en sus pensamientos cuando sintió una presencia. Llegó caminando por la playa. El sexagenario (o podía ser septuagenario) era de estatura mediana y parecía fornido. Casi no tenía cuello, y era casi calvo, salvo por una mata de pelo blanco que se dejaba ver a los lados de las orejas. Había en su cara y su mirada algo que le hizo pensar a Jesús en un pitbull. Iba vestido de pantalón de tela gris, camisa negra y saco gris. Mocasines también negros. Un crucifijo colgaba de su cuello.

–Buenas tardes. Supongo que eres Jesús Maggo –le habló el desconocido de voz rasposa y acento extranjero. Jesús asintió con la cabeza y el veterano siguió–. Permíteme presentarme, yo soy...

–Ya lo conozco a Monseñor –lo interrumpió Jesús–, de vista al menos.

–¡Ah!, bueno, muy bien, eso nos ahorra el tiempo de las presentaciones Jesús Maggo. ¿O prefieres que te llame Jesús de Valizas? ¿Me puedo sentar?

—Como no, Monseñor –le respondió, mientras con un gesto lo invitó a sentarse a su derecha–. ¿Cómo no conocer a Monseñor? Cualquiera que no viva adentro de un "tupper" debe conocerlo en el país –continuó cuando Monseñor se hubo sentado.

—Puede ser... pero igual no deja de ser una... especie de halago que me conozcas.

—Lo mismo que usted me conozca a mí. Y que venga a Valizas a visitarme. ¿Fue difícil encontrarme?

—No tanto. Fue bastante fácil dar con tu rancho. Y tus amigos me dijeron que te encontraría por acá.

—¿Y a qué debo el honor?... si se puede saber.

—Tenía interés en conocerte. He escuchado algunas cosas... *"interesantes"*, acerca de ti.

—*"Interesantes"*... eso puede ser bueno o malo, depende lo que le parezca y lo que le hayan dicho –dijo mientras cebaba un mate.

—Hay de ambas cosas. También leí tu documento ese… del *"Manifiesto Cristiano"*.

—Ah, sí –dijo Jesús con una mueca– no es mi documento. Es un documento inspirado por el Espíritu Santo. Nos lo dictó el Espíritu Santo a mí y a mis apóstoles durante varios meses.

—Ya veo –el tono de voz de Monseñor sonó agrio como el jugo de un limón–... entonces dices que esa... obra, les fue dictada por el Espíritu Santo directamente.

Volvió a cebar y le ofreció el mate a Monseñor. Este rechazó con un gesto la invitación a tomar la amarga infusión. Jesús le respondió:

—Depende lo que llame directamente Monseñor. Sí es que el Espíritu Santo haya estado físicamente presente, entonces no. Sí es haber sentido su guía al momento de escribirlo, entonces sí.

Monseñor hizo un mohín. Jesús era más inteligente de lo que se había imaginado antes de conocerlo. También más agradable, mucho más agradable. Se había imaginado encontrarse a un hippie harapiento y completamente ido, sin embargo, se había encontrado con un joven agradable, que tenía un indudable parecido con las imágenes que durante siglos los artistas habían hecho de Jesucristo.

—Supongo que sabrás que en ese documento hay varias herejías.

—Lo sé. Sé que ese documento tiene varias afirmaciones que para la Iglesia Católica pueden ser herejías.

—Pueden no: **SON**. Y no solo por nuestra Iglesia, Jesús. Por otras iglesias y cristianos también.

—Tiene razón. ¿Pero que quiera que haga? No vamos a cambiar el documento, porque más allá de lo que pueda afirmar el dogma de la Iglesia Católica o de cualquier otra iglesia cristiana, el *"Manifiesto"* es una obra que nos fue dictada por inspiración del Espíritu Santo. Es un llamado a los cristianos en particular y a todas las personas de buena voluntad en general. No hemos dicho que se trate de una nueva doctrina dentro del catolicismo. Tampoco pretende ser un ataque a su Iglesia ni a ninguna otra.

—Sin embargo, desde cierto punto de vista, a partir de ciertas afirmaciones que en él se hacen, SÍ LO ES —contestó Monseñor, intentando disimular su creciente fastidio.

—Perdone Monseñor, pero no sería la primera vez que la Iglesia Católica considera herética una opinión o un documento, para luego tener que retractarse.

—Está bien, no he venido a discutir de teología contigo Jesús. He venido a hablar de otras cosas el día de hoy.

—Hhhmmjjj —respondió con un aspirado sonido gutural.

—Más allá de que podamos discrepar en algunas cosas, creo que sería mutuamente positivo si tú te unieras formalmente a nosotros. Que te hicieras pescador de almas dentro de la Iglesia Católica.

—¿Y como sería eso?

—Tú tienes un gran carisma. Un enorme carisma. ¿Te imaginas cómo podrías potenciar esa virtud si en lugar de luchar solo contra los molinos, lo hicieras con el apoyo de la Iglesia atrás? A nuestra Iglesia le vendría bien tu pasión, tu juventud, tu inteligencia. Y nosotros, a cambio, te ayudaríamos a canalizar todo el talento que tienes, y le podrías llegar a más gente. ¡A mucha más gente! Tendrías poder. Tendrías recursos económicos.

—Es interesante lo que dice...

—¡Por supuesto! Yo sabía que eres un muchacho inteligente. Más inteligente aun de lo que me imaginaba —los ojos de Monseñor se iluminaron.

—No he dicho que sí Monseñor, solo que su propuesta tiene cosas interesantes... tentadoras. Pero...

—¿Pero qué? —preguntó con un tono a mitad de camino entre sorpresa y malestar.

–Pero no he venido a ocupar cargo ni jerarquía alguna. Y la Iglesia Católica es una institución con sus jerarquías, sus reglas, sus autoridades. Hay muchas cosas de la Iglesia Católica con las que no estoy de acuerdo.

–Podrías cambiarlas de adentro. Con mi ayuda podrías llegar rápidamente a obispo, quien te dice, ¡de repente incluso a cardenal!

–Lo siento, pero mi respuesta definitiva es **NO**. No me interesa el poder, porque a la larga corrompe. Ni tampoco me interesa la riqueza. Yo aspiro a llevar adelante una revolución, una revolución espiritual, y para hacerla en serio no es dable admitir jerarquía alguna. Ya lo dijo Jesucristo *"el más importante entre ustedes se portará como si fuera el último, y el que manda como el que sirve"*.

Monseñor meneó la cabeza, suspiró, carraspeó algo, y se levantó. *"Tonto"* le dijo mirándolo sentado en la arena, idealista y despreocupado; y la mirada de Monseñor era un raro frenesí de sensaciones: desprecio, envidia, lástima, desilusión y sorpresa. *"Eres un tonto inflexible. Te ofrecí un trato ventajoso para ambos y acabas de negarte a aceptarlo. Deberías haber sido más cortés conmigo, más simpático, haber mostrado algo más de buen gusto. No me eches la culpa de lo que pueda pasar de ahora en más. Hasta luego, Jesús Maggo. No esperes que la próxima vez que nos encontremos sea ni tan amable ni tan generoso contigo. Cuida tu alma, son muchas las que ya he condenado, perfectamente puedo echar a perder otra más"*. Se dio media vuelta y se fue por donde había llegado.

La gira por Rocha

Luego de ese encuentro en la playa Jesús abandonó su retraimiento y volvió a unirse al grupo en sus actividades cotidianas. También les propuso el siguiente proyecto a encarar: una serie de giras por diversas localidades de todo el departamento de Rocha en diversas etapas, en la que se dedicarían a predicar, bautizarían, celebrarían matrimonios, y realizarían sanaciones. Puso su propuesta a votación y los Doce votaron a favor, porque por más que al principio alguno pudiera dudar, él les hablaba con tanto fervor, con tanta gracia, con tanta elocuencia, que al final terminaba por convencerlos irremediablemente. También decidieron que la misión por Rocha comenzaría después de la Semana Santa de ese año, y eligieron los destinos y las etapas: enseguida de Semana Santa visitarían las cercanas Aguas Dulces y Castillos. A finales de abril y principios de mayo, andarían por Punta del Diablo, La Coronilla, Chuy, y 18 de Julio. A mediados de mayo sería el turno de pasar por Lascano y Cebollatí. Por último, terminarían la gira a mediados del mes de junio yendo a las ciudades de Rocha y La Paloma.

Comenzaron la gira el día 9 de abril luego de un desayuno liviano. Salieron en bicicleta por el polvoriento camino de entrada a Valizas, tomaron la ruta 10 hacia el este y en pocos minutos cubrieron los siete kilómetros que hay entre Valizas y Aguas Dulces. Una vez allá, armaron las carpas en la playa, y se dedicaron a recorrer el balneario anunciando el discurso que Jesús haría en la calle principal esa tarde.

Ese día, a la hora fijada, cuando el sol poniente comenzaba a teñir el cielo con su luz anaranjada, Jesús le habló a la veintena de curiosos presentes en la plaza (mayormente integrado por jubilados, algún desempleado y niños de escuela) acerca de la salvación. Fue un discurso inspirado y llenó de un calor abrasador como una hoguera encendida:

–La salvación es como el caso de aquel hombre que en medio de una inundación se refugió sobre el techo de su casa. Cuando el agua casi llegaba a la altura del techo pasaron dos hombres en un bote a remos y le ofrecieron llevarlo a tierras más altas. *"Muchas gracias pero no. Yo tengo fe en que Dios me salvará"* les respondió, y se fueron los hombres del bote. Más tarde, cuando el agua ya le lamía los pies llegó una patrulla de salvamento en un bote con motor fuera de borda. También le ofrecieron evacuarlo del lugar. Pero el hombre nuevamente contestó: *"Muchas gracias pero no. Yo tengo fe en que Dios me salvará".* Y se marchó la patrulla. Más tarde, cuando el agua ya casi lo había cubierto, apareció un helicóptero que también ofreció ponerlo a salvo. Pero él volvió a responder *"Muchas gracias pero no. Yo tengo fe en que Dios me salvará".* Se fue el helicóptero, y el hombre finalmente se ahogó. Llegó su alma al cielo y al encontrarse con San Pedro en las puertas del Cielo, le dijo con amargura: *"San Pedro, yo tenía fe en que Dios me iba a salvar de la inundación, sin embargo, dejó que me ahogara como si no existiera".* San Pedro lo miró con benevolencia y le respondió *"¿y que más querías?, te mandamos dos botes y un helicóptero a rescatarte, y tú te negaste".* ¡Hermanos y hermanas! No busquen la salvación en gestos externos, porque la salvación está en cada uno de ustedes. El Reino de los Cielos, que ya fuera anunciado, está dentro de ustedes ¡y quien llegue a conocerse lo encontrará!

Algunos de los asistentes, los niños sobre todo, lo aplaudieron divertidos. La mayoría de las personas mayores se rieron con la parábola, pero su sordera les impidió oír el mensaje en el cuento.

Al amanecer del día siguiente levantaron el campamento, se subieron a las bicicletas, y se fueron hasta la cercana ciudad de Castillos. Esa tarde en la plaza de la ciudad, centro de la región de palmares y capital butiacera del departamento (y por tanto del país), Jesús habló esa tardecita en la plaza a un centenar de curiosos: *"Si Dios Padre nos ha creado a todos a su imagen y semejanza, si todos somos iguales ante él, y también ante la ley de los hombres... ¿por qué entonces admitimos la existencia de jerarquías, desigualdades, dominaciones y opresiones en las relaciones entre nosotros? ¿No son acaso ese tipo de relaciones contrarias a la igualdad entre hermanos? Ni Dios ni la ley admiten más diferencias que las de los talentos y virtudes; sin embargo, nuestra sociedad admite muchas situaciones desiguales por cosas más allá de los talentos y virtudes. Y ustedes... no... todos nosotros las aceptamos mansamente, como vacas que llevan al matadero, porque se nos educa desde la más tierna infancia para asumir esta realidad como el orden 'natural" de la sociedad... más, yo les pregunto –dijo haciendo una pausa teatral– ¿qué hay de 'natural' en las relaciones de poder que se da una sociedad humana en un tiempo y lugar determinados?"*

Calló, esperando una respuesta de alguien entre la multitud... esperó diez, veinte, treinta, cuarenta segundos. Sus ojos iban y venían entre las personas allá reunidas, auscultándolas, radiografiando sus corazones, sus almas, sus mentes. *"¿Nada?"* se oyó una voz dudosa responder. La gente situada en el lugar donde se había escuchado la voz se abrió como un abanico, y el resto de los presentes enfocaron sus miradas al lugar. Quien había hablado era un joven, que aparentaba estar entre los veinte y los veintitrés años. Las mejillas del muchacho quedaron de color bordeaux.

–Sí, hermano –le respondió con una sonrisa afable–. Efectivamente: NADA ¡Alabado seas! Por inteligente y por valiente. Y al resto de ustedes, que también sabían la respuesta, pero por comodidad o timidez o miedo al error no se animaron a responder, yo les digo que ustedes son el producto aventajado de una educación que educa para adoctrinar, para domesticar y para no cuestionar. Son los animales en el circo de la vida, acostumbrados a reaccionar y hacer cosas por orden del domador o el aplauso del público. Sin embargo, este joven –señaló al muchacho que se había animado a responder– es como el potro aun no domado que tira a su jinete de la montura. Porque un potro sin jinete, sigue siendo potro y puede galopar. En cambio, un jinete sin potro, ya no es más jinete ni puede galopar.

La gente se encolerizó al pensar que los estaba insultando, y Jesús y sus apóstoles debieron huir rápidamente, y solo se salvaron de que les propinaran una golpiza porque se escaparon rápidamente en sus bicicletas.

Pero ese malentendido no les hizo cambiar de idea. Ya sabían de boca del propio Jesús, y por su propia experiencia cuando él los había enviado a predicar, que probablemente la mayoría de la gente que los escuchaba no los entendiera, no llegara a comprender la profundidad del mensaje. Por eso siguieron fieles al plan original. Pasaron un par de días acampando, y a fines del mes de abril llegaron a Punta del Diablo. Apenas llegaron, quedaron cautivados con el aire a pueblo pesquero, hasta cierto punto muy parecido a Valizas, que por entonces seguía conservando el pequeño poblado, antes de que se pusiera de moda y comenzara el "boom" de la construcción

Ese día, en la playa de los pescadores, improvisó un discurso: *"Si alguno quiere venir conmigo, niéguese a sí mismo y sígame. Porque quienes quieran salvar sus vidas, la perderán; pero quienes pierdan por mí su vida, entonces la encontrarán. Pues ¿de qué le servirá a cualquier hombre ganar el mundo entero, o amontonar riquezas, si arruina su vida? ¿qué valor se le puede poner a una vida, a cualquier vida? Porque no tengan dudas que cuando llegue el momento de rendir cuentas, cada cual pagará según su conducta".* Hubo quien lo escuchó, pero no le prestaron atención a su mensaje y nadie lo siguió.

Al día siguiente llegaron al Chuy, la ciudad más oriental del país, en la frontera con Brasil, la segunda en población del departamento de Rocha con sus cerca de diez mil habitantes, pero su principal centro comercial. La ciudad es como un gran bazar a cielo abierto en la que los comercios de todo tipo abundan como los pozos en las calles de la Costa de Oro. En ella se mezclan, confunden y conviven idiomas, acentos, sabores y olores. A Jesús, el olor del Chuy le pareció algo indefinido entre el aroma dulzón de la nafta brasileña, el tufo apetitoso de pollos asándose al spiedo, el hedor a colonia barata, el perfume fenicio del comercio, y un leve vaho como a baño público. El resultado era una sensación levemente nauseabunda, pero sin embargo, no llegaba a ser ni del todo desagradable ni irritante.

Ese día, parado en el cantero central de la Avenida Internacional, que une y divide a las ciudades gemelas de Chuy y Chuí y a los dos países, Jesús dio un discurso al mediodía, después de haber comprado una caja de bombones y un paquete de ticholos en un supermercado. *"¡Aquellos que quieran oírme, que me oigan!"* comenzó diciendo. *"Ciudadanos de uno y otro lado de la frontera, uruguayos y brasileños, brasileños y uruguayos. Nadie mejor que ustedes saben que las fronteras son límites arbitrarios y parciales entre los estados para separar y dividir a los pueblos. Porque, ¿qué diferencia hay entre un brasileño que camina por ese lado de la avenida y un uruguayo que camina por este otro? ¿Acaso alguien podría decir con solo mirarlos "ese que va a allá es brasileño" o "ese que va por allá es uruguayo"? ¿Verdad que no? ¿Qué pasaría si alguien en vez de haber nacido unos metros más allá hubiera nacido unos metros más acá? ¿Le hubiera cambiado radicalmente su vida? ¿No viviría acaso en la misma ciudad, no transitaría las mismas calles? ¿Acaso las fronteras dibujadas en los mapas las podemos ver desde el aire? Nosotros que nos creemos taaaaaaaaaaaan inteligentes, deberíamos tener la humildad de ver y aprender más de nuestros hermanos los animales: ellos no conocen de fronteras y andan libremente de acá para allá. Tampoco conocen de fronteras ni los ríos, ni los mares, ni las montañas. Entonces, si las fronteras son creaciones artificiales que solo sirven para dividir pueblos: ¿a quien sirven las fronteras?: a los estados y sus gobernantes. El nacionalismo es la ilusión, el mito, ¡el fantasma! en el que se basan para justificar el ejercicio de su poder sobre la población de un territorio determinado. Para justificar los procedimientos de control, inspección, registro y vigilancia que aplican sobre sus pueblos. Y lo peor de todo, es que mientras por un lado hacen esto, por otro intentan convencernos de lo mutuamente beneficiosa que es la libre circulación de bienes y servicios entre los países, que así las naciones prosperan con el libre comercio. Pues bien, si la libertad de comercio es beneficiosa para los países y los gobiernos; ¿entonces por qué no ha de serlo la libre circulación de las personas?".*

Cuando terminó de hablar, un montón de hombres que esperaban dentro de sus autos que sus esposas, hijas, abuelas, suegras, hermanas, cuñadas y/o tías terminaran de hacer compras y recorrer locales comerciales… bostezaron.

Más tarde fueron al cercano balneario de la Barra de Chuy y repitió el discurso anterior. Al día siguiente por la mañana, después de desayunar, fueron hasta la villa 18 de Julio, uno de esos tantos pueblos y pueblitos perdidos del Uruguay "profundo", de esos que quedan lejos de las grandes rutas nacionales, de esos que nadie visitaría si no fuera por alguna obligación o por haberse perdido, de esos de vida aletargada y sencilla, de esos acostumbrados a las carencias materiales y la falta de infraestructura, de esos a escala humana porque las relaciones entre los vecinos siguen siendo cara a cara, y la solidaridad de la igualdad no ha sido remplazada por la caridad de la desigualdad.

—Ustedes son la luz del mundo. Son como pequeñas lucecitas que alumbran, algunas más fuerte, digamos, algo así como bombitas de 100 watts, ¡o de 200 incluso!, y otros, alumbran con luz más débil, como bombillas de 25. Pero lo importante es que todos tienen su luz propia. No importa la intensidad ni el tiempo que alumbren, si no que hasta el más insignificante, tienen su luz propia. Si las luciérnagas tienen su luz, ¿cómo no van a tenerla ustedes que son mucho más que las luciérnagas?

117

–así habló Jesús en el centro del pueblo, ante la atenta mirada de varias doñas que miraban sentadas desde los porches de sus casas, o disimuladamente escondidas tras las cortinas de las ventanas.

Permanecieron varios días en la pequeña localidad agrícola-ganadera realizando diversos trabajados comunitarios y algunas sanaciones. Esos días Jesús curó a dos personas con sinusitis, a una señora que sufría de conjuntivitis la sanó frotándole el jugo de un limón en los ojos, y alivió a un peón rural de su lumbalgia al soplarle un humo de felicidad en el rostro.

Volvieron a recorrer los polvorientos caminos y asfaltadas rutas del departamento, y a fines del mes de mayo –el día 30 de ese mes– llegaron a la ciudad de Lascano, la tercera o cuarta ciudad en importancia del departamento. Ubicada entre sierras, marca el comienzo de una extensa llanura de bañados que se extienden hacia el norte. Es el centro de la actividad arrocera del departamento y del país.

–¡Lascanenses, los que quieran oír lo que tengo para decirles, que escuche! Vengo a traerles un mensaje de esperanza y redención. He venido a decirles que ustedes, que nosotros todos, somos como la sal de la tierra. Pero si la sal se hecha a perder, ¿con qué se dará sabor a las comidas? Sal mala no sirve para salar, como tampoco sirve de nada un mundo de hombres sosos, egoístas, y aturdidos. En verdad os...

–¡Epa joven! ¿qué está diciendo? –lo interrumpió un veterano que tenía pinta de gaucho, estaba vestido de gaucho, hablaba con acento de gaucho, y armaba tabaco como solo los gauchos saben hacerlo–. Mozo, ¿usted no sabe que si siembra un campo con sal lo echa a perder?

–Tiene razón –terció una joven de lentes, que estaba esperando tomarse el ómnibus a Rocha y tenía aspecto de ser profesora de literatura–. Odiseo Laertíada cuando quiso evitar ir a la guerra de Troya, se hizo pasar por loco arando un campo con sal –agregó con académica suficiencia.

–No, no... no es eso lo que quise decir. Mi metáfora tiene otro sentido –replicó Jesús ante la atenta mirada de la joven y del veterano peón de campo–. Lo que pretendo decir es que cada uno de nosotros es tan importante como la sal para ciertos procesos sociales. Hablo de sal en el sentido de sazonar las almas de los Hombres y...

—¡Qué cerdo machista! —lo interrumpió con vehemencia la joven con aspecto de profesora de literatura.

—No, por favor, no me malinterprete. Me refería genéricamente al Hombre. Hombres y mujeres.

—¡Ajá! ¿Y por qué menciona al hombre antes que a la mujer? ¿Ve cómo es un machista aunque lo quiera disimular? Es típico del machista poner a la mujer siempre en segundo lugar, es parte de la estructura de dominación ideológica.

—Perdón… mujeres y hombres. ¿Así le parece mejor?

—¿Y que hay de las personas transexuales?

—¿Qué pasa con las personas transexuales?

—¿Acaso no son tan personas como mujeres y hombres? ¿Nunca ha escuchado hablar del tercer sexo?

—Este, sí… pero nunca lo había considerado así. También me refiero a las personas transexuales. Todos somos seres humanos.

—Entonces debería decirlo explícitamente en lugar de darlo por sobre-entendido, ¿o es que acaso le da vergüenza?

—No, no me da vergüenza para nada. Pero sería demasiado engorroso que cada vez que me dirijo a una multitud tuviera que especificar que es para hombres, mujeres… ¡perdón! —se corrigió—, para mujeres, hombres, transexuales, ancianos, niños, jóvenes, adolescentes, trabajadores, patrones, rentistas, burócratas, desempleados, jubilados, hetero, homo y bisexuales, blancos, negros, amarillos y cobrizos, cristianos, judíos, musulmanes, ateos, agnósticos, budistas, hinduistas, umbandistas, y demás religiones del mundo, y toda la humanidad en su vasta diversidad.

—¡Pues sí!, debería decirlo. Bastante sufrimiento, muchos años de lucha nos ha llevado a las mujeres y otros colectivos que reconozcan nuestros derechos, más aun nos ha llevado el poder ejercerlo, y mucho es lo que aun queda por hacer. Como para que luego venga alguien con un discurso supuestamente de "cambio", pero siga los patrones de cualquier discurso típico patriarcal —dijo la joven con aleccionador fervor.

—Bueno... perdone. ¿Le sirve si cambio "Hombre" por "Ser Humano"?

—Es un comienzo al menos —concedió ella.

Jesús se dio vuelta para terminar de hablar con el viejo peón, pero este se había marchado en medio de la discusión con la joven.

Al otro día salieron temprano hacia el pueblo de Cebollatí, unos sesenta kilómetros al norte de Lascano, y al igual que su ciudad "metrópolis" dedicada mayormente a la actividad arrocera.

Se puso a hablar en el centro del pueblo, y estaba hablando sobre la libertad cuando en eso llegó corriendo un hombre. Se llamaba Juan Jairo y era un humilde trabajador rural. *"¡Por favor señor, le pido que venga conmigo. Mi hija está muy dolorida y no tenemos médico en el pueblo!"*.

Al llegar al rancho en el que vivían Jairo y su familia, el hermano de éste, que se había quedado ayudando a cuidar a la gurisa, comenzó a prepotear a Jesús:

–Juan, ¿porqué trajistes a este chanta? Hubieras traído a la vieja Dolores que conoce de yuyos e infusiones.

Al ver que Juan se avergonzaba y comenzaba a dudar, Jesús le dijo con voz clara y fuerte: *"No temas, basta que creas para que tu hija sea curada"*. El hermano de Juan Jairo se interpuso entre Jesús y la puerta. Pero al notar la mirada de Jesús fija en sus ojos, sintió como si le estuviera realizando una radiografía... dudó un instante, se corrió y los tres se metieron dentro. El rancho era una vivienda precaria y digna, de paredes blanqueadas, muebles rústicos de madera, y tres habitaciones. En uno de los cuartos estaba la joven, de no más de once años, acostada en la cama, con su madre al lado intentando calmarla.

Jesús se acercó a ellas sin que ninguna se diera cuenta hasta que estuvo al lado. Notó el abdomen hinchado de la niña y enseguida se dio cuenta de cual era el problema. *"Ssshhhttt... no temas mujer, estoy acá para ayudar a tu hija"* le habló tranquilizadoramente a la mujer cuando ella se levantó, sorprendida por la presencia del extraño barbudo con pinta de hippie. Se sentó al borde de la cama, suavemente colocó la palma de su mano derecha sobre la zona del dolor, sonriendo le dijo a la niña *"no llores más, que el dolor se ha ido, ¿ves?"*, y diciéndole esto retiró su palma formando un puño, lo sopló, y volvió a abrirla como soltando algo. Inmediatamente cesó el dolor, bajó la hinchazón, y la niña dejó de quejarse y llorar de dolor. Los padres de la niña se abrazaron, y como podían entre gritos de alegría y lágrimas, se besaban. El hermano de Juan se arrodilló ante Jesús y le dijo con voz emocionada *"Muchas, muchas gracias, poderoso curandero... y perdona a este tonto por no haber creído en ti"*. Y pese a que Jesús intentó explicarles a él y a los padres de la niña que no era ningún curandero, no hubo forma de que entendieran, por lo que finalmente les pidió que de lo sucedido, no dijeran nada.

A la ciudad de Rocha llegaron en la segunda semana de junio. Antes de llegar pasaron un par de días acampando y debieron enfrentar diversas complicaciones: una noche, cuando estaban haciendo arroz en una olla puesta al fuego, debieron huir rápidamente del lugar cuando un lugareño los confundió con un grupo de ladrones de ganado y comenzó a dispararles con una escopeta. Otra noche cayó la policía y los llevó detenidos hasta Velásquez, debido a que andaban indocumentados y los agentes del orden creyeron que se trataba de una banda dedicada al abigeato. Un día estuvieron demorados en la villa.

Llegados a Rocha, los trece pasaron a visitar a Sebastián Lázaro, un joven rochense que habían conocido el verano anterior en Valizas y con el que habían trabado una cordial relación compartiendo mates, tertulias, vinos, licores y porros. Vivía en una casa de dos plantas, paredes blancas, y puerta doble de madera en el centro de la ciudad, a una cuadra de la plaza principal, y pegado a una vieja panadería.

No lo encontraron, pero estaban sus dos hermanas: María, la mayor, que era profesora de inglés, y Magda, la menor, que entre dibujos y dibujos intentaba terminar el liceo. Les dijeron que Sebastián estaba en Montevideo, donde estudiaba una carrera universitaria. Tampoco estaban sus padres. Ellas los conocían por los cuentos que Sebastián les había hecho del verano, y también estaban al tanto de los hechos que Jesús había protagonizado en la ciudad casi un año antes. Los invitaron a pasar un rato y dejar sus cosas, y ellos, en agradecimiento, las invitaron a almorzar tallarines con tuco.

Diego, Benito, Judas, Simón, Andrés y Petra se encargaron de hacer las compras: varios kilos de tallarines, 1 kilo de carne picada, 2 cebollas, 4 morrones (dos verdes y dos rojos), varias fetas de panceta, 2 chorizos. Para tomar llevaron 3 litros de vino y como no se pusieron de acuerdo entre comprar Coca o Pepsi, terminaron llevando un jugolín. El Lalo se encargó de hacer el tuco. Natalia perdió el sorteo y le tocó pelar y cortar las cebollas, mientras que a Paola le tocó cortar los morrones "en julianas" como le había dicho el Lalo, a Jesús trozar los chorizos. Adán, Eva y el "Sanabichos" salieron a pasear un rato por la ciudad.

Cuando estuvo casi todo pronto, y solo faltaba que rompiera el hervor y poner la mesa para poder almorzar, los Doce y Magda se sentaron alrededor de Jesús para escuchar sus palabras; pero María, en cambio, estaba ocupada poniendo el mantel, los platos, los cubiertos, y al ver que su hermana no la ayudaba, comentó sarcásticamente desde la cocina *"Jesús, yo se que tú haces milagros y no imposibles, ¿pero podrías intentar lograr que mi hermanita me de una mano en la cocina?"*.

Estaba Magda a punto de responderle de mal modo, pero se frenó cuando vio el rostro alegre, sonriente de Jesús, mirándola directamente, y se olvidó de lo que estaba por decir.

–María... ¿por qué peleas así a tu hermana? Tú te ocupas de cosas muy importantes, sin duda; pero hay otras cosas que son necesarias además de importantes, y tu hermana, escogió la necesaria e importante, porque lo que hoy escuche, nunca jamás le podrá ser quitado –le habló Jesús, y a María esas palabras le causaron la misma placentera sensación que comer un pedazo de chocolate, le entibiaron el alma como un abrazo a tiempo.

Y así, entre risas y chistes almorzaron los 15, Jesús, sus apóstoles y las hermanas María y Magda. Una vez terminadas la comida y la deliciosa sobremesa, todos se despidieron de las dos hermosas jóvenes que tan generosamente les habían abierto las puertas de su casa.

Esa misma tarde, había terminado Jesús de predicar en un plaza, cuando se acercó hasta él un hombre que estaba en silla de ruedas. Su rostro, su aspecto físico, la ropa que vestía, esos gruesos lentes, todo en él aumentaba la sensación de encontrarse frente a un ser enclenque, tremendamente desvalido. Algo le pareció extrañamente familiar en el sujeto paralítico.

–¿Qué te sucede hermano?, ¿en qué te puedo ayudar?, ¿qué quieres de mí? –le preguntó Jesús.

—Señor, mi señor –habló el tipejo con un hilo de voz– acudo a ti porque eres el único que tiene el poder para sanarme.

(Esto es muy fuerte, parece un dejavú de un dejavú) –pensaba mientras hablaba con el desgraciado sujeto– (estoy seguro que esto ya lo viví) *"¿Qué te sucede?"*, le preguntó por fin.

—Son mis piernas... los médicos me han dicho que no encuentran problema alguno... que no hay base física para la parálisis que me afecta, pero yo... –se interrumpió porque comenzó sollozar– yo... creo que no se animan a decirme lo evidente: que no me pueden curar porque no saben lo que tengo.

–¿Eso te han dicho los médicos y eso es lo que tú crees?

–SÍ. Y los curanderos a los que he acudido son todos unos charlatanes, que me cobran por curaciones que no suceden, o me clavan agujas para hacer reaccionar piernas que no siento. ¡POR FAVOR, TE LO IMPLORO, TÚ ERES EL ÚNICO QUE PUEDE SALVARME! –esto último lo dijo sollozando.

Viendo la fe en él, Jesús apoyó sus manos en sus piernas y exclamó *"¡QUIERO QUE ESTE HOMBRE VUELVA A CAMINAR, PORQUE SU FE ES GRANDE!"*.

Dichas estas palabras, tomó al paralítico por los brazos y lo levantó de la silla... el hombre primero gritó, pero casi enseguida... enmudeció. Enmudeció al comprobar que se sostenía sobre sus piernas, entonces comenzó a gritar y llorar de alegría, y pronto comenzó a saltar.

–¡Gracias, mil gracias, Jesús de Valizas! –dijo abrazando a Jesús, antes de marcharse feliz.

Mientras lo veía alejarse, Jesús intentó infructuosamente recordar donde lo había visto antes.

Esa misma noche partieron los 13 rumbo al punto final de su prolongado peregrinaje: La Paloma. Poco antes del amanecer Jesús dio su último discurso de la prolongada gira por Rocha. Fue en la playa de los Botes, enfrente a la escultura conocida como el "Cristo de Lucho", en honor a su creador, el artista pescador "Lucho" Maurente. Les dedicó el discurso a un grupo de pescadores que estaban preparando sus artes antes de hacerse a la mar.

"¡Pescadores de peces, hombres de esperanza con olor a sal! He venido hoy a hablarles del Reino de los Cielos que se viene", así les comenzó diciendo, y continuó: *"el reino que predico es de este mundo, porque este es el mundo que mi Padre, que NUESTRO PADRE, nos ha dado para vivir, este es el mundo en que nos jugamos nuestra salvación. Por tanto, cambiar al mundo, cambiar la propia realidad, no solo es un derecho que tenemos cada uno de nosotros sino que es una necesidad cuando esa realidad es injusta, opresora y alienante. Cada uno de noso-*

tros, aunque no nos demos cuenta, somos constructores diarios de pedazos de historia, que conforman a la Historia. ¡Pero cuidado!... no se trata de luchar por conseguir el poder, porque de esa manera solo estaríamos luchando por cambiar una dominación por otra, unos opresores por otros nuevos. De lo que se trata es de luchar por que haya más democracia, más libertad, más igualdad, más justicia, más fraternidad, menos opresión, menos temor, menos intolerancia, menos pena. Ese debe ser el compromiso hoy en día: luchar por la liberación de los oprimidos, por la emancipación de los pobres, por la autonomía de los débiles. La opresión política y la dominación económica no significan solo que una persona dependa del arbitrio de los más poderosos, más importante aun, es que impiden que los oprimidos y dominados desarrollen plenamente sus capacidades humanas, y por tanto, impiden que se desarrollen como hijos de Dios. Solamente en un mundo donde se erradiquen la opresión y el dominio de los más poderosos sobre los más débiles, será posible construir una paz verdadera, y por verdadera... duradera. Esta opción es un paso de FE, de fe en el prójimo, al que buscamos y encontramos, y de esa forma, a través de ellos, es que encontramos a Dios. La fe en el prójimo, es por tanto, fe en Dios mismo. Así lograremos construir el nuevo Reino de los Cielos, que es ni más ni menos que un estado del alma, de los corazones, de las mentes en cada uno de nosotros y entre todos".

El grupo de hombres humildes que lo había comenzando escuchando entre divertidos y burlones, sin prestarle mucha atención, de pronto se encontraron oyéndolo atentamente, asombrados, conmovidos, gratamente sorprendidos.

–Disculpe –intervino uno de ellos, el que parecía más veterano, con su cabello canoso y su piel curtida y requemada por el sol y el agua salada– ¿pero acaso la Iglesia no predica que ese Reino de los Cielos no es de este mundo?

–Eso es cierto, eso predica la Iglesia. Es la respuesta que Cristo le dio a Pilatos en su juicio –respondió Jesús.

–¿Entonces? –preguntó otro pescador, más joven, que estaba al lado del veterano, y parecía ser su hijo.

–Que al tomar textualmente esas palabras, la Iglesia consigue transformar el mensaje revolucionario de Cristo, en un mensaje de conformismo y resignación. Ya que si *"mi reino no es de este mundo"*, entonces, no vale la pena intentar cambiar la realidad del mundo en que vivimos, porque más allá de lo que podamos o no hacer, la salvación sería de otro mundo, no de este en el que vivimos. Ese mensaje, lo que logra, es renunciar a la pretensión de transformar la realidad.

–¿Entonces quiere decir que el Reino de los Cielos es de este mundo? –volvió a preguntar el más veterano.

–Efectivamente.

–¿Y cuando habrá de llegar?

–No es esa cosa que se vaya a ver. Ni tampoco que vaya a ser anunciada. Porque el Reino de los Cielos ya está entre nosotros, está en medio de ustedes y EN ustedes. En cada uno de nosotros está. Pero para descubrirlo deben cambiar, y debemos cambiar cada uno de nosotros, porque si no cambiamos nosotros… entonces no cambia nada.

El asombro y la sorpresa dejaron entonces paso a la emoción y la admiración, tanto que los pescadores aplaudieron a efusivamente a Jesús cuando terminó de hablar.

Esa noche celebraron el fin de su periplo con un nuevo asado en el rancho.

La resurrección de Sebastián

Los siguientes dos meses transcurrieron sin mayores novedades. Jesús y sus apóstoles dedicaron la mayor parte de ese tiempo a actividades comunitarias y pastorales en Valizas y sus alrededores. Mas, sucedió que a mediados del mes de agosto, una persona llegó hasta el rancho preguntando por Jesús. Era un productor rural de la zona, que venía de Rocha con un mensaje de parte de Magda y María: *"hace dos días que Sebastián no se despierta, y no sabemos que hacer"* mandaban decir. *"Diles que no se preocupen, iré de inmediato para Rocha"* fue su respuesta.

Sin embargo, por compromisos previamente asumidos, ese día no pudo partir hacia la capital departamental. Recién a la madrugada siguiente viajó rumbo a Rocha junto a los Doce, que quisieron acompañarlo porque estaban preocupados por Sebastián y sus hermanas.

Cuando llegaron, Sebastián llevaba tres días inconsciente. Al llegar a la casa, Magda los atendió. El miedo dentro de la casa era tan espeso que el aire parecía una mermelada agria y fría.

–¿Qué pasó? –le preguntó Jesús a la joven

–El 16 fue mi cumpleaños. Nuestros padres no estaban, y decidimos hacer una fiesta, una fiesta de disfraces. Teníamos algunas cosas para picar, y alcohol: vino, cerveza, whisky y un vodka. Con parte del vino hicimos sangría –contestó, compungida y cabizbaja la gurisa.

–Ya veo. Y supongo que los pedos generalizados, ¿no?

–Sí. Todos terminamos más o menos mamados esa noche. Y de acá nos fuimos todos al baile. Pero mi hermano tomó como un cosaco.

–Y supongo que ustedes, mamados, lo que hicieron fue acostarlo en su cama e irse al baile...

–Sí... es que... en aquel momento no parecía que estuviera tan mal. Pensamos que se había mamado, lo acostamos y seguimos la fiesta en el baile. ¡Pero ahora hace tres días que está tirado en la cama, inconsciente!

–¿Sus padres, donde están?

–De viaje

–¿Les han dicho algo?

–¿Qué quieres que les digamos?, ¿qué se vuelvan porque su hijo está inconsciente por una tremenda borrachera?...

–¿Y porqué no han llamado a algún médico?

–Llamamos a uno, pero no puedo hacer mucho. Según él está... –frunció la frente– cata algo.

–Está bien –le dijo Jesús amigablemente–, ¿dónde está tu hermano?

–Arriba, en su cuarto. María está cuidándolo ahora.

Al subir, se encontró con María llorando al lado de la cama de su hermano. *"¿Por qué lloras, gurisa?"*, le preguntó él.

–¡¿Es que no sabes lo que pasó!? Hicimos una fiesta, y ha terminado en esta gran cagada. ¡Tres días hace que Sebastián está así! –replicó María bruscamente. Luego sollozó–. Perdón. Tú no tienes culpa de nada Jesús. La culpa es de este irresponsable, y es nuestra también –agregó, serenándose.

–No te preocupes, María. Tu hermano habrá de resucitar.

–¡¿Eh!?... ¡pero él no está muerto! –protestó ella.

–Jajaja... Ya lo sé, pero no solo los muertos resucitan. Yo soy la Resurrección y yo soy el *alkaseltzer* de la Vida. El que cree en mí, aunque beba como un cosaco, no sufrirá resaca alguna. ¿Crees esto?

–Sí Jesús. Yo y mis hermanos creemos en ti. Por eso te mandamos llamar, y por eso es que pedimos tu ayuda.

–Muy bien. Déjame acercarme a tu hermano entonces. Y mientras yo quedo con él, trae un vaso de agua con limón.

María obedeció inmediatamente su pedido, dejando que él tomara su lugar al lado de su hermano. Jesús tomó asiento, y mirando fijamente al inconsciente, exclamó: *"¡Sebastián, soy Jesús que te habla, y ahora mismo digo que te levantes y andes!"*. Y en diciendo esto, Sebastián abrió los ojos y luego de desperezarse, se levantó de la cama muy hambriento y aun más sorprendido por encontrar a Jesús a su lado. María, que volvía con el vaso de agua con limón dejó escapar un grito de alegría mezclada con sorpresa, se le cayó el vaso (que se hizo añicos contra el piso) y fue corriendo a abrazar a su hermano, pero antes de abrazarlo le dio una cachetada y le dijo *"nunca más lo vuelvas a hacer"*. Con tanto alboroto, Magda apareció arriba, y también abrazó a su hermano. Luego las dos hermanas le agradecieron repetidas veces a Jesús.

Al salir de la casa de los hermanos, se le acercó un hombre enclenque, que usaba gruesos lentes y vestía como un traga. Varias lesiones cutáneas cubrían su rostro y brazos. Pero algo le pareció extrañamente familiar en el sujeto.

–¿Qué te sucede hermano?, ¿en qué te puedo ayudar?, ¿qué quieres de mí?

–Señor, mi señor –habló el tipejo con un hilo de voz– acudo a ti porque eres el único que tiene el poder para sanarme.

(*Esto parece un dejavú de otro dejavú*) –pensaba mientras hablaba con el pobre alfeñique– (*estoy seguro que esto ya lo viví*) *"¿Qué te sucede?"*, le preguntó por fin.

–¿Ves mi piel?... me pica terriblemente… no puedo dejar de rascarme… las heridas me sangran... creo... no... estoy seguro que tengo lepra.

–¿Qué te han dicho los médicos?

–Los doctores son unos farsantes, se niegan a decirme la verdad y dicen que tengo una urticaria pasajera… ¡pasajera JA! Y los curanderos a los que he acudido son todos unos charlatanes que solo logran aliviarme momentáneamente… ¡pero esta picazón vuelve! ¡POR FAVOR, TE LO IMPLORO, TÚ ERES EL ÚNICO QUE PUEDE SALVARME! –esto último lo dijo sollozando.

En ese momento fue que Jesús recordó. *"¡Un momento, ya sé quién eres tú! ¡Te he curado de tres males en diferentes ocasiones! ¿¡Como no me di cuenta antes!?"*, exclamó sorprendido y alegre a la vez. Y viendo el sufrimiento y la fe en el pobre alfeñique, se compadeció de él más que nunca antes, e imponiéndole las manos profirió "¡ALÉJESE TODO MAL DE ESTE HOMBRE, PORQUE YO LO ORDENO!".

–¿Cómo te sientes? –le preguntó una vez realizado el acto.

–Bien... de hecho, ¡maravillosamente bien! –gritó con alegría, y su voz, ya era normal. ¡MEJOR QUE NUNCA! Es una sensación… como si nunca más me fuera a enfermar –dijo y lo abrazó antes de irse saltando de felicidad por la calle.

Mientras lo veía alejarse, estuvo seguro que aquella había sido la última vez que lo curaba.

Jesús suda sangre

Una noche, estando Jesús acostado en su catre, luego de terminar una de sus tertulias nocturnas, de repente sintió una voz clara, profunda, como de trompeta, que le decía *"ven conmigo, que yo te mostraré las cosas que están por venir"*. Entonces se levantó del catre y salió de la cama. Llegó hasta la acacia en la que su padre se le había revelado la vez anterior y se encontró con un anciano de aspecto venerable, estatura y complexión medias, la barba canosa y bastante frondosa, los cabellos largos, blanquísimos, reflejaban la luz de la luna.

–¿Quién eres? –le preguntó.

–Yo soy el discípulo amado de Cristo. Soy aquel que por su causa fue desterrado a Patmos. Soy aquel a quien le fue revelado el futuro estando en aquella isla. Soy aquel a quien le fue encargado revelarlo a las siete iglesias.

–¿Por qué estás aquí?

–Porque ahora se me ha encargado revelarte algunos de los hechos que están por venir, y que debes saber, porque se aproxima un tiempo de confusión y sufrimiento para la Humanidad. Te pido entonces que me oigas bien.

–Habla, que te escucharé atentamente.

–Pues bien, lo primero que has de saber es que no falta mucho para que llegue el día en que caigan las dos Babel de acero y vidrio que se yerguen inmensas y geniales en la gran ciudad sobre las aguas. Caerán por un mal que por dos veces aparecerá volando en el cielo, unos inmensos pájaros de acero jineteados por seguidores del Profeta del Odio que se inmolarán, porque ellos en su visceral odio, ya han juzgado, y decidido que paguen justos con pecadores. Todo el mundo verá, indefenso, esas imágenes de destrucción y dolor. Se escuchará la risa de algunos pocos, que será tapada por el angustiado silencio de muchos miles de millones que estarán mirando atónitos. Ese día de destrucción miles perecerán. Muchos se arrojarán de las alturas, abrazados a la muerte, para escapar del Infierno desatado en cada una de ellas: fuego, humo, polvo. En la ciudad, y en los corazones de todo el mundo, el día se tornará noche, y el humo negro de muerte, dolor y calor ahogará a miles.

El anciano hizo una pausa y siguió:

–Entonces, luego de esa jornada trágica, se reunirán los mandatarios de la Tierra, luego de haber llorado ellos también. Y ese será el momento de gloria del Falso Elegido, quien tomará las palabras de Cristo y dirá: *"O están con nosotros, o están con los terroristas"*, pero serán palabras vacías, huecas, como su cabeza. Y logrará unir una gran coalición que llevará la guerra a la tierra que alguna vez fuera el Reino de Bactriana, contra sus antiguos aliados, los fanáticos del odio a los que habían ayudado a combatir al ejército del desaparecido Imperio Ateo. Se estancarán en una guerra larga, en la que perecerán miles de inocentes, 4 muertos inocentes por cada inocente muerto cuando las dos Babel caigan; y en el Infierno, Inocencio IV sonreirá, satisfecho, cuando el Falso Elegido apruebe el uso de métodos abyectos para obtener confesiones.

Jesús creyó ver como las lágrimas surcaban el anciano rostro, y recorrían sus arrugas como ríos por su cauce. El terminó de hablarle:

–Pero eso no será todo. Luego de eso, ensoberbecido, el Falso Elegido querrá llevar su particular cruzada a la antigua tierra de Mesopotamia. Hará un nuevo llamado a las naciones de la Tierra para que lo acompañen, y para lograrlo, no dudará en recurrir a la mentira, al engaño, a la falsedad. Y cometerá el segundo de los pecados. Pero la mayoría de las naciones de la tierra no creerá en sus palabras, ni en las pruebas apócrifas que mostrará como evidencia. Pero encontrará aliados pese a todo, y para satisfacer su enorme soberbia, su inmensa codicia, no le importará nada. Y llenará su boca de palabras hermosas que estarán vacías de sentido cuando él las diga. Aun más inocentes morirán en esta guerra. Al menos siete veces por siete sobre la cantidad de muertos cuando caigan las dos Babel.

Así le dijo y el anciano calló. Jesús había comenzando a llorar al escuchar la revelación del anciano, porque sentía todo el dolor, toda la angustia, todo el miedo, toda la congoja, todo el horror, toda la tribulación, toda la agonía de los tiempos que habrían de venir.

–¿Por qué me has revelado todo esto, anciano? –preguntó entre lágrimas.

Pero nadie le respondió. Tan misteriosamente como había aparecido, el venerable anciano había desaparecido, como desvanecido en el aire. *"¿¡Por qué!?... ¿¡por qué!?... ¿¡por qué!?..."* comenzó a gritar, solo, arrodillado, frente a la acacia. Sentía un agobio terrible, como si la cabeza la fuera a estallar en mil pedazos…

–¡Jesús! ¡Jesús!, ¿estás bien? –sintió las voces de varios de sus apóstoles llamándolo.

Entonces se despertó. Estaba acostado en su catre. Todo había sido un sueño, una pesadilla. Vio los rostros de Natalia, Paola, el *"Sanabichos"*, Lalo, Diego y Benito que lo miraban entre curiosos y preocupados. Les sonrió. *"No se preocupen, estoy bien. Tuve un sueño… una pesadilla".*

–No es solo eso… estás…

–Sudando –Natalia interrumpió a Diego antes.

Entonces él se pasó la mano por la frente, y ahogó un grito de sorpresa cuando vio que lo que estaba sudando era sangre. Eran las 08:46 del 11 de setiembre.

El joven rastrillo

Un día, a comienzos de noviembre, Jesús y los apóstoles habían llegado hasta el Chuy. Recorrían las calles predicando el mensaje de Dios, intentando enseñar, intentando que los sordos de espíritu oyeran, que los ciegos de corazón vieran, y que los paralíticos de voluntad anduvieran… pero sin mucho éxito. Lo que más habían conseguido era que algunos niñitos los siguieran, divertidos, y les pidieran monedas, y que algunos adultos se rieran de ellos o les gritaran *"¡locos!", "¡faloperos!"* y cosas por el estilo.

Estaban recorriendo un barrio humilde cuando a lo lejos divisaron una gran turba, y en medio de ella a un joven que estaba siendo golpeado e insultado rabiosamente por la enfurecida multitud, mientras lo arrastraban por la calle.

–¡EH!, ¿QUE PASA AQUÍ? –gritó Jesús con su voz de grappamiel, haciendo que la multitud dejara de golpear al joven.

–No te metas que no es asunto tuyo –le respondió un hombrón de mediana edad y cuello corto.

–Hermano, lo es cuando veo que una multitud le está pegando a un joven.

–Pues este joven, como lo llamas, es el rastrillo del barrio. Y como ya nos tiene cansados de tantos robos, y ni la policía ni la justicia hacen nada con él, hemos decidido darle una lección para que aprenda.

–Ya veo… ¿y cual sería esa lección?

–La paliza que estás viendo –intervino una mujer, un poco mayor que el hombrón. Iba vestida con unas calzas negras, championes, y una remera roja, larga y sin mangas.

–Pues menuda lección es esa que dicen. ¿Qué se supone que aprenda de esta forma?

–¡A pensárselo mucho antes de volver a robarnos algo! –soltó la mujer, y varias voces se escucharon atrás, apoyándola.

–Pues yo creo que lo único que van a lograr enseñarle, será a ser más cuidadoso en sus robos, y probablemente más violento también. Sí hoy en día es un rastrillo, que aprovecha a robar al descuido, de repente con esta *"lección"* como ustedes la llaman, logran convertirlo en un rapiñero, y la próxima vez que le quieran dar una *"lección"*, él estará armado.

—Mira, pelotudo –habló amenazadoramente el hombrón– este hijo de puta es un delincuente. Y si la justicia no hace nada con él, entonces nosotros sí haremos algo. Te guste o no te guste.

—¿Y como estarían siendo mejores que él en ese caso?

—¡Estaríamos haciendo cumplir la ley!

—No. No estarían haciendo cumplir la ley. Estarían haciendo justicia por mano propia. Y eso, es tan delito como el robo mismo.

—¿Y eso que nos importa?... ¡ÉL ES UN LADRÓN! –varias voces apoyaron las palabras del hombrón.

—Él podrá ser un ladrón… pero hoy dijiste que es un delincuente. Pues bien, si tomas la justicia en tus propias manos, si cada uno de ustedes toma la justicia en sus propias manos contra este joven, ustedes mismos se convertirán en delincuentes, y alguien podría llevarlos ante la justicia para que respondan por este joven. Entonces, ninguno de ustedes será distinto que él.

—¡Pero nosotros no somos delincuentes! –chilló la mujer que había hablado antes.

—Si terminan de hacer lo que han empezado… SÍ –en ese momento se agachó y agarró una piedra del suelo–. Yo no los voy a frenar. Solo quiero que recapaciten. Si alguno de ustedes está decidido a ser un delincuente, si alguno de ustedes cree que está libre de pecado y que nunca ha hecho un mal a nadie, entonces tome esta piedra y tírasela a ese joven que quieren linchar.

Jesús sostuvo la piedra en sus manos. Se la ofreció primero al hombrón, que haciendo un gesto violento, la rechazó. Se la ofreció luego a la mujer, que también la rechazó. Nadie quiso tomar la piedra, y poco a poco todos se fueron marchando, hasta dejar solo a Jesús con los apóstoles y el joven rastrillo.

—Pues bien, muchacho, parece que tus acusadores y verdugos se han marchado.

—¡Uf!... ¡afortunadamente! ¡Muchas gracias señor! –le dijo abrazándole las piernas.

—No tienes nada que agradecerme. Solo hice lo que cualquier persona debería hacer. Has conseguido una segunda oportunidad, ahora anda y cambia de vida, porque no creo que seas tan afortunado una segunda vez.

Así, el joven se marchó, agradeciéndole a Jesús por haberlo salvado y prometiendo cambiar de vida.

La segunda alimentación de la multitud

Ese fin de año decidieron suspender los festejos de Navidad y Año Nuevo. En realidad, hasta mediados de diciembre habían decidido repetir los festejos del año anterior, invitando cada uno de ellos algún o algunos familiares. Sin embargo, suspendieron todos los festejos cuando en Argentina sucedieron las manifestaciones populares de los días 20 y 21 de diciembre que se saldaron con la muerte de varios manifestantes y provocaron la renuncia del presidente De la Rúa. Se limitaron entonces a compartir una cena en común cada una de esas noches.

La noche del 24, mientras mantenían las más variadas conversaciones, alguien, uno de los apóstoles (nunca se supo cual en medio del barullo) planteó el tema de lo que estaba pasando en el país vecino esos días, y pronto comenzó una animada y desordenada discusión, de esas típicas de rondas de amigos y alcohol. Por un lado estaban los que sostenían que lo que estaba sucediendo allá era el inicio de una revolución, y por otro estaban los que decían que estaba lejos de ser una revolución, y en realidad se trataba de una reacción. La discusión terminó cuando Petra, le preguntó a Jesús –que hasta ese momento se había mantenido ajeno al debate– *"¿y tú que piensas de todo esto Jesús?"*. Automáticamente todos callaron, esperando conocer la opinión de su maestro, guía y amigo.

–¿Qué pienso sobre lo que pasa en Argentina? –repitió como ausente, sin mirarlos, acariciándose la barba–. Pienso que es una revolución, pero una revolución de histéricos, y por eso mismo, condenada desde su inicio al fracaso.

–¿Una revolución de *"histéricos"*? –Judas se rascó la cabeza.

–Sí, de histéricos. Porque no es una revolución reivindicativa, que esté luchando por alcanzar algo, por transformar radicalmente la realidad social. No nos engañemos, esta revolución está siendo hecha para evitar perder algo, para conservar algo: en este caso, los ahorros de cierto sector social.

–Entonces no crees que en Argentina estemos por ver la emergencia de un nuevo orden social –preguntó Paola en tono afirmativo.

–Mucho me temo. A mí me encantaría que efectivamente se cumpliera ese clamor de *"que se vayan todos"*; pero me temo, que lo que terminará por suceder es que ese *"todos"*, serán solo algunos, probablemente los máximos responsables de la actual debacle, y el resto del sistema político encontrará la forma de sobrevivir y seguir en el poder. Tal y como yo lo veo, tarde o temprano llegará a la presidencia argentina algún político que dirá lo que la mayoría de la gente quiere escuchar, los tranquilizará, calmará a la masa de clase media que a salido a protestar, y entonces, tan repentinamente como empezó, la revolución habrá terminado.

–Algo así como sucedió con la Revolución Francesa –acotó Diego.

–Algo así –asintió él, gesticulando con la cabeza.

Así, en ese clima de melancólica tranquilidad pasaron las fiestas y llegó enero del 2002. Debido a la crisis argentina, y el sentimiento de inminente desastre que se percibía en el país, no esperaban ver muchos turistas por Valizas ese verano.

Sin embargo, esa temporada llegaron más turistas que en la temporada anterior, superando el máximo histórico que habían tenido. Es que el pequeño balneario-aldea se había transformado, con la crisis, en una suerte de lugar de peregrinaje para todos aquellos que querían pasar unas vacaciones baratas y tranquilas, para todos aquellos que buscaban un *"algo"* distinto, para todos aquellos que no les importaba la falta de alumbrado público, ni de una estación de servicio, ni de un cajero automático, para todos aquellos que preferían el ambiente místico de un lugar alumbrado por la luna y las estrellas, para todos aquellos que anhelaban al menos un rato de vida bohemia.

Jesús y los Doce nunca habían tenido tantos oídos atentos, ni en sus viajes, ni en la propia Valizas.

Aconteció que un mediodía, cuando Jesús recorría la playa, predicando entre la gente, el día de verano se convirtió de repente en uno de invierno, gris, ventoso y frío. Entonces juntó a los apóstoles y les preguntó: *"¿Se acuerdan lo que hicimos el año pasado en Punta del Este?"*. Todos asintieron con la cabeza. *"Bueno, muy bien. Entonces quiero que algunos de ustedes vayan hasta el rancho, traigan la garrafita, la olla más grande que tengamos, platos hondos, cucharas, sal y un paquete de polenta. Y el resto de ustedes, vayan al supermercado, compren salsa de tomate, carne picada, panceta, una cebolla, y un morrón verdes. En este día frío vamos a calentar las panzas de los veraneantes"*. Así les dijo, y rápidamente ellos se dividieron en dos grupos.

Cuando los dos grupos volvieron con todo lo que Jesús les había pedido, una multitud, como nunca antes habían tenido, se amontonó alrededor de ellos, como un enjambre humano. Se escuchaban exclamaciones de placer por el olor del tuco, algunos se animaban a opinar sobre como lo debían hacer, o sobre como revolver la polenta para que no se formaran grumos. Una joven, de voz estridente, elevó la suya por sobre la del resto, exclamando *"¡Para que la polenta quede bien hay que revolverla con una cuchara de madera! ¡Va a quedar apelmazada con esa espátula!"*.

Entonces, al quedar todo pronto, Jesús miró al cielo y bendijo ambas cosas, porque ambas eran buenas, e instruyó a sus discípulos para que comenzaran a repartir los platos con polenta entre la gente, mientras él mismo servía la polenta y el tuco en los platos. Desde la desembocadura del arroyo hasta –casi– llegar a Aguas Dulces, nadie se quedó sin comer su plato de polenta.

–¡Eh! ¡Esto está que bufa! –se oyó la voz de alguien que se quejaba de la temperatura de la comida.

–¡Sí, es cierto! ¡Está que pela! ¿No hay agua por ahí? –lo secundó otro.

–¡Eso! ¡Sí van a hacer algo, háganlo bien por lo menos! –agregó otro.

De pronto se alzaron muchas voces quejándose porque les habían dado la polenta muy caliente y nada para tomar. Entonces, Jesús fue hasta el supermercado y compró una botella de agua mineral y vasos descartables. Cuando todos tuvieron su vaso con agua, ahí sí, todos fueron felices y disfrutaron del almuerzo que se les ofrecía.

Esa noche, sacando cuentas, se dieron cuenta que con un kilo de polenta y un litro de agua mineral habían dado de comer y tomar a unas 2.000 personas.

El resto del mes transcurrió sin mayores novedades, hasta que una tarde, a finales del mismo, llegaron Adán y Eva que habían ido esa mañana a Castillos y ella, llena de picardía, les dijo *"de acá a unos meses vamos a ser trece"*.

—¿Cómo saben?, ¿quién se nos une? –preguntó Andrés, que fue el único que no interpretó el sentido de las palabras de Eva. Tuvo que ver las risas y abrazos que el resto del grupo les prodigaba para darse cuenta. Una ver terminado el jolgorio, los dos orgullosos padres pudieron contar al grupo lo poco que sabían: que Eva llevaba unas ocho o nueve semanas de embarazo, y que la probable fecha de parto era para fines de julio o principios de agosto.

No sabían el sexo, por lo que la diversión los días siguientes fue tirar probables nombres para el bebé o beba que tendrían. Los más populares para varón fueron: Agustín; Juan, siempre y cuando fuera acompañado de un segundo nombre (Juan Pablo, Juan Pedro, Juan Francisco, etc.); Ignacio; Pablo; Carlos; Eduardo y Federico. Los más populares para nena fueron: Agustina; Camila; Romina; Florencia; Andrea; y Cecilia. Al *"Sanabichos"* le prohibieron unánimemente proponer nombres, porque siempre se le ocurrían nombres como Olga, Úrsula, Stefani, Jennifer, e incluso Thalía y Shakira si era mujer; y Oto, Abayubá, Silvestre, Washington y Yúber si era varón.

La denuncia penal

Llegó el último mes del verano, y con él, la más amarga e inesperada sorpresa que hasta ese momento les había tocado vivir a Jesús y los Doce: fueron notificados que se había presentado una denuncia penal contra Jesús por práctica ilegal de la medicina. El texto de la denuncia era el siguiente:

El Dr. Juan Loi, titular de la cédula de identidad número 1.235.813-0, en representación del Ministerio de Salud Pública (MSP), constituyendo domicilio en la avenida 8 de Julio 1892, y el Dr. Hipócrates Galeno, titular de la cédula de identidad 3.141.592-6, en representación del Sindicato Médico del Uruguay, constituyendo domicilio en la calle Bulevar Artigas 1515, ante usted se presentan y dicen:

Que vienen a denunciar penalmente al Sr. Jesús Maggo, también conocido como "Jesús de Valizas", domiciliado en el balneario de Barra de Valizas en mérito de las consideraciones de hecho y de derecho que pasan a expresar:

1. Que los denunciantes son asesor legal del Ministerio de Salud Pública, y directivo del Sindicato Médico del Uruguay, respectivamente; calidades que se acreditan en documentación adjunta.

2. Quienes en ejercicio de sus derechos y obligaciones vienen a denunciar lo que consideran un acto de ejercicio ilegal de la medicina según lo establecido en el artículo 16 de la ley 9.202 que expresa: "Se considera también ejercicio ilegal de la medicina, a los efectos de esta ley, la atribución de condiciones para curar enfermedades por cualquier medio aun cuando no sean los habitualmente empleados por la ciencia".

3. Que el denunciado no posee título regularmente expedido que lo habilite para la práctica de la medicina, no obstante lo cual, se ha atribuido la capacidad para curar enfermedades.

4. Que el denunciado no solo está realizando una actividad ilegal, sino que además está poniendo en riesgo un derecho constitucionalmente reconocido, como es el derecho a la salud.

5. Que la referida ley 9.202 en su CAPÍTULO III comete al Ministerio de Salud Pública la tarea de policía de la medicina.

6. Que el denunciado, al adjudicarse la capacidad de curar enferme-dades y ofrecer sus "servicios" en forma gratuita, está perjudicando de manera clara, directa y lesiva a los profesionales que ejercen legalmente la medicina, especialmente a los socios del Sindicato Médico del Uruguay.

7. Que adjuntamos documentación con testimonios de personas que han visto al denunciado realizar sus actos de curaciones. De ellos surge de forma manifiesta la ilegalidad en la actuación del denunciado.

En virtud de lo expuesto, es que a usted solicitamos:

a) Que nos tenga por presentados y constituido el domicilio.

b) Que se haga lugar a nuestra denuncia, tomándose las medidas que la Sede estime oportuno a todos sus efectos.

c) Sin perjuicio de lo anterior, solicitamos se aplique al denunciado una medida de No Innovar en relación al ejercicio ilegal, ilegítimo e irregular de la medicina.

Por 10 o 15 minutos, que parecieron varias horas, todo en el rancho pareció quedar quieto, inmóvil, detenido. Las moscas dejaron de volar, las arañas dejaron de descolgarse en sus telas, el sapo se quedó mudo en un rincón detrás de la puerta, la Betty quedó echada, como entendiendo todo con su mirada triste, y hasta el viento dejó de soplar adentro.

No eran necesarias palabras en ese silencio a gritos porque todos ellos compartían la angustia que se les atoraba en la garganta. Todos ellos compartían la rabia que les entorpecía frenéticamente la cabeza. Todos ellos sentían el gusto ácido de la pena en sus tripas. Todos ellos sentían el desierto árido de la frustración en la sequedad de su boca.

Fue Paola la primera en reaccionar. Sin decir nada, se levantó de su silla, salió fuera del rancho, caminó hasta la playa y se puso a llorar... la siguieron Natalia, Andrés, Petra, Simón, el *"Sanabichos"* (seguido por la Betty), y Judas. Adán se acercó a Eva, le acarició el rostro, secando las dos tristes lágrimas que comenzaban a surcar su rostro, y la besó tiernamente. Lalo explotó en un insulto catártico. Benito miró a Diego y ambos miraron a Jesús.

—¿¡Por qué!?... ¿!por qué a nosotros!?, ¿¡por qué a vos!? —le preguntó Benito—. ¿Por qué? ¿Por qué habiendo tantos truchos que lucran con las personas humildes, te denuncian a vos, a nosotros, que los hemos ayudado y realmente los has curado?

—Justamente por eso, mi querido Benito… –Benito y Diego se miraron extrañados. Jesús siguió hablando–. Verán: los truchos, todos aquellos que embaucan a las personas prometiéndoles sanar o aliviar males que, o no tienen, o no podrán curar, por esa misma razón no son una amenaza para el sistema. Solo son una amenaza para la salud de las pobres personas que acuden a ellos. Pero no representan amenaza alguna para el statu quo. Nosotros, en cambio, sí lo somos, y por eso es que nos han hecho esta denuncia. Lo que me llama la atención es lo que demoraron en reaccionar.

Se miraron extrañados, sin entender la respuesta que les había dado Jesús. Pero al mirarlo, él los miró con esa conocida sonrisa afable, comprensiva, parecida a la sonrisa cómplice de un padre, de un abuelo, esas sonrisas que entibian el corazón como se los entibió a ellos en ese momento. Entonces comprendieron su respuesta.

–¿Y que vamos a hacer ahora? –preguntó Diego.

—No solo de curaciones y milagros vive el hombre. Tan o más importante, es difundir la palabra de Dios. De ahora en más, nos dedicaremos exclusivamente a eso.

Esa misma noche, mientras compartían la cena, Jesús puso al tanto al resto de los apóstoles del curso de acción que había pensado asumir.

Jesús habla sobre el prójimo

No tardó mucho tiempo en comenzar su nuevo curso de acción. Un día, mientras predicaba en Aguas Dulces, le dijo a la pequeña y burlona multitud de 10 o 15 personas que andaban en la vuelta: *"Recuerden, si quieren alcanzar la vida eterna, deben amar a su prójimo como a ustedes mismos"*.

–¿Y quien es mi prójimo? –preguntó un adolescente, queriendo hacerse el vivo.

–Dos amigos, ambos jóvenes, barbudos y de aspecto descuidado se pusieron a hacer dedo en la ruta con la esperanza de que algún conductor se apiadara de ellos. En eso pasó en un auto, un Lada rojo, un comunista que iba solo, y se dijo *"podría levantar a esos jóvenes que están haciendo dedo, pero por su aspecto no parecen ellos integrantes de la clase obrera; más bien parecen unos jóvenes burgueses haciéndose los locos, que quieren ir a divertirse a algún balneario de moda a expensas de la explotación de los trabajadores. Por tanto no los voy a llevar"*. Luego, pasó un liberal en una camioneta 4x4, que también iba solo. Al verlos se dijo *"yo podría llevar a esos jóvenes en la caja de la camioneta, y cobrarles alguna tarifa por llevarlos. Pero por su aspecto no parecen tener mucho dinero, es más, hasta corro peligro de que me desvalijen o me roben la camioneta. Por tanto no los voy a llevar"*. Luego, pasó un cura católico en una vieja citroneta. Él también iba solo, y al ver a los jóvenes se dijo *"yo podría llevar a esas pobres almas descarriadas, pero por su aspecto parecen los acólitos de Satán, o peor aun... ¡de repente son ateos! Por tanto no los voy a llevar"*. Al final, pasó un anarquista en un viejo jeep. Iba con su pareja, y al ver ambos a los jóvenes en la ruta, al rayo del sol, recordaron sus épocas de hacer dedo; entonces pararon y se ofrecieron a llevar a los dos jóvenes. Los llevaron hasta Punta del Diablo, a pesar de que el anarquista y su pareja iban solo hasta Arachania. ¿Quién de todos ellos te parece que actuó como el prójimo de los dos jóvenes?

Al ver que el joven balbuceaba, y que nadie más parecía haber entendido sus palabras, Jesús decidió recurrir a otro ejemplo.

–Está bien, no piensen más en eso –les dijo– les pondré otro caso para que mediten: resulta que después de un clásico…

—¿Quién ganó el clásico? —lo interrumpió el mismo listillo.

—Qué sé yo… da lo mismo.

—¡Intrascendente! —le gritó otro vivo, escondido desde algún lado.

—Bueno, supongamos que ganó Nacional…

—¡Arriba el bolso que no ni no! —gritó un fanático tricolor.

—¡Vamo' el manya carajo! —le respondió otro.

—¡Les decía! —elevó Jesús su tono de voz— sucedió que una vez, luego de ganar Nacional un clásico, un hincha tricolor que volvía a su casa, encontró tirado en una cuneta a otro hincha de Nacional, que estaba tirado, inconsciente, con la camiseta puesta y sin championes. Tenía una herida que sangraba en la frente. El hincha de Nacional, al verlo, se dijo *"tendría que ayudar a este que es hincha de Nacional, como yo, pero si lo hiciera, seguramente me demoraría demasiado y no podría ver los goles ni escuchar los comentarios hasta mañana. Mejor lo dejo. Seguro ya pasará alguien que lo ayude"*. Así, pasó a su lado, dejándolo tirado. Al poco rato, pasó por el mismo lugar un hincha de Peñarol que iba mascando la bronca por la derrota. Al ver al hincha de Nacional tirado e inconsciente, pensó primero en desquitarse pegándole unas patadas; pero luego, se arrepintió de haber pensado eso, se acercó hasta él, paró un taxi que pasaba, y como pudo, lo subió al móvil y lo llevó hasta un hospital. Y de ahí tuvo que ir a la seccional más cercana para declarar. Ahora, yo les vuelvo a preguntar: ¿cual de los dos hinchas actuó como el prójimo del hincha que había sido atacado y dejado tirado en la cuneta?

Al notar que todos seguían callados, Jesús le dijo: *"el de Peñarol. ¿No les parece que el hincha de Peñarol se comportó como el prójimo del herido, por más que fuera hincha de Nacional?"*.

—Yo creo que ninguno actuó como su prójimo —habló por primera vez un tipo que tenía pinta de intelectual de bar, con sus lentes sujetos con una piola, a la altura de su pecho, la camisa de colores semiabierta, y un vaso de whisky en una de sus manos—. El hincha de Nacional, obviamente no se comportó como debería portarse uno con su prójimo. Pero tampoco el de Peñarol lo hizo, porque en definitiva, si el hincha de Nacional tenía premura por llegar a ver los goles de su equipo, el hincha de Peñarol no tenía ningún apuro ni interés en ver los programas deportivos de la noche, y mucho menos los goles.

Los presentes aclamaron estrepitosamente la interpretación dada por el intelectual. Y Jesús volvió entristecido a Valizas, porque por donde fuera, estaba lleno de sordos que oían sin comprender y malinterpretaban su mensaje.

Jesús habla el 1º de mayo

Luego de aquel día en Aguas Dulces, pese a lo sucedido, Jesús igual siguió recorriendo las asfaltadas rutas y los polvorientos caminos para llevar su mensaje a todos los rincones del departamento. El 1º de mayo de aquel año, el Día Internacional de los Trabajadores, lo encontró a él y los apóstoles en Valizas. Entonces, decidieron celebrar ese día haciendo una gran olla popular con los vecinos del lugar. El menú sería guiso de lentejas, Lalo el cocinero, cada uno de los vecinos debía aportar algún ingrediente para el guiso, y ellos se encargaron de comprar varios litros de vino, refresco y el postre.

Al mediodía de aquel día, instalaron unas improvisadas mesas con unos tablones que consiguieron en la vuelta. Sobre una de las mesas, algunos apóstoles y vecinos picaban cebolla, morrones, panceta y chorizos. Cuando todo estuvo pronto, encendieron un fuego en un pozo que habían hecho en la arena, pusieron una parrilla, y sobre ella el Lalo colocó la olla en la que poco a poco fue ejecutando su artesanal trabajo de alquimista.

A medida que el apetito de los presentes aumentaba, en forma directamente proporcional a la forma en que aumentaba la emanación de olores de la olla del guiso, Jesús decidió improvisar un breve discurso. *"Vecinos y vecinas, permítanme improvisar unas breves palabras, mientras todos vamos afilando el apetito para deleitarnos con este manjar popular, cuyo motivo, como todos sabrán, es conmemorar y celebrar un nuevo Día de los Trabajadores"*. Así comenzó diciendo.

–No pretendo recordar hoy las heroicas luchas de los trabajadores para ganar... no... ¡para arrancar!... el reconocimiento de sus derechos a políticos y empresarios. Tampoco pienso hablar de la lucha de clases y como los proletarios son, según alguna teoría que dice haber descubierto el motor que mueve la palanca de la Historia, a ser la clase que protagonice la futura revolución social. Les quiero hablar sobre el Ser Humano, sobre cada individuo humano y la sociedad a la que pertenece... pertenecemos.

Paró para tomar un vaso de vino, pausa que aprovechó para escrutar los rostros de cada uno de los presentes. Siguió su discurso:

–Somos seres sociales. Eso quiere decir que la persona no puede vivir fuera de la sociedad. Podrá vivir, como Robinson Crusoe, en un sentido biológico y temporal. Pero no vivirá en sentido social, ya que no podrá desarrollarse como persona. Y esto es así porque cada uno de nosotros lleva como herencia el trabajo acumulado de incontables generaciones pasadas, y porque cada uno de nosotros, de manera más directa o más indirecta, influencia y es influenciado sobre la vida de los demás. Puede ser el caso de dos compañeros de trabajo de una empresa, puede ser la decisión del gerente de una empresa en algún país que decide instalarse en determinado lugar, puede ser el trabajo de un artista que inspira a alguien al otro lado del mundo. Esto nos lleva, entonces a la primera y más importante conclusión de todas: no existe posibilidad de sociedad humana sin que todos saquemos provecho del trabajo de otros.

Tomó un nuevo vaso de vino, mientras aprovechaba a estudiar las reacciones (la mayoría de ellas de aprobación) que había generado con sus palabras. Continuó:

–Ahora, bien, tal como yo lo veo, solo hay dos maneras de sacar provecho del trabajo colectivo. Una, es la manera actual, en la que algunos afortunados, los poseedores del capital, compran a otros, que son muchos más, su fuerza de trabajo para que produzcan para ellos a cambio de un salario. El derecho de propiedad es eso: el derecho de los dueños del capital a apropiarse del excedente de producción que obtienen del trabajo que compran a los asalariados. La otra manera, es mediante la asociación igualitaria y democrática del trabajo. O sea, en que propietarios del capital y trabajadores compartan la propiedad de lo producido. Tal como yo lo veo, esa debería ser la siguiente evolución de la forma de producir. Porque no tengo dudas de que el trabajo asalariado es una evolución frente a la servidumbre de la Edad Media, al igual que la servidumbre fue una evolución con respecto a la esclavitud. Sin embargo, hay una característica que comparten estas tres formas de relación laboral: las tres son relaciones de dominación, más directa en una, bastante más atenuada en otra. Pero formas de dominación al fin. Pues bien, ¡la siguiente evolución debería ser la democratización de las relaciones económicas! Así como en el plano político hemos evolucionado de las monarquías absolutas y otro tipo de regímenes tiránicos, a las democracias… y creo que nadie aceptaría hoy en día volver siquiera a un sistema donde el derecho al voto fuera censitario. Sin embargo, por alguna razón, lo que no toleraríamos en el plano político, la mayoría lo acepta como "natural" en el plano económico.

Tomó su tercer vaso de vino, y ya no le importó estudiar las reacciones de los presentes. Se sintió más inspirado, su cerebro caliente, su lengua ágil:

–Esto es lo que yo me imagino, vecinos de Valizas. ¿Se imaginan un mundo del trabajo así organizado, sin división entre dominadores y dominados?, ¿sin división entre poseedores del capital y desposeídos?, ¿se imaginan un mundo en que el trabajo estuviera más o menos equitativamente repartido entre todos?, ¿se dan cuenta lo que eso significaría?... de repente, podríamos trabajar cada uno no más de 6 horas por día, y tener el resto del día disponible para cualquier otra actividad. O de repente, podría uno elegir los días que quiere trabajar, y concentrar en ellos sus horas de actividad laboral. Sería un mundo mucho más libre, mucho más justo, mucho más democrático, mucho más racional, y mucho más solidario que el actual. Porque ese día llegue, y por todos los trabajadores del mundo es que yo ahora levanto mi vaso –dijo mientras tomaba el vaso– y les digo:

"*¡Arriba parias de la Tierra!*
¡En pie famélica legión!
Atruena la razón en marcha:
Es el fin de la opresión"

Jesús sorprendió a todos cuando comenzó a entonar las primeras estrofas de *La Internacional*. Solo dos veteranos, viejos comunistas, se dieron cuenta, se levantaron y comenzaron a entonar las estrofas junto a él. Pero en eso se escuchó la voz de Lalo llamando a comer. "*¡SALUD!*" terminó el brindis Jesús, y todos fueron a servirse.

El cumpleaños de Natalia

El 22 de julio de ese año Natalia cumplió 25 años, y decidieron festejarlos con un asado en el rancho, por la noche. Invitaron a su madre y sus dos hermanas, que llegaron ese mismo día por la tarde. Por la mañana ella había ido hasta Aguas Dulces para hablar por teléfono con su padre. Él le dijo que la quería muchísimo y que estaba muy orgulloso de ella, ella le dijo que lo extrañaba y que le hubiera gustado que estuviera en su cumpleaños, él le explicó que estaría acompañada por su madre y sus hermanas, que desde el divorcio prefería evitar cruzarse con su exmujer, y agregó que Valizas no era lugar para él porque no le gustaba eso de *"andar con la geinti en los fogones fumando marihuana"*. Ambos rieron, volvieron a decirse *"te quiero"* y *"cuidate"* y así se despidieron.

La madre de Nati ya conocía a Jesús y al resto de los apóstoles desde la Navidad anterior, pero las hermanas enseguida quedaron impactadas, felizmente impactadas, con Jesús y con el resto de la comunidad. A Lucía, la menor, le gustó Benito por sobre todas las cosas, y a la otra, Andrea, le llamó la atención el lugar, quedó prendada con el balneario, especialmente con esa agreste mezcla entre playa y campo.

De Rocha llegaron para la fiesta los tres hermanos: Sebastián, Magda y María con una damajuana de 10 litros y un casillero de cervezas. A media tarde, desde Montevideo con su guitarra, llegó *"Walter"*. En realidad se llamaba Diego Soriano, pero todos le decían *"Walter"*, y era estudiante de arquitectura. La temporada anterior, veraneando en Valizas, había conocido a Jesús y los Doce.

Jesús prendió el fuego un poco antes de las 19:00 con las últimas luces de aquel día soleado pero frío y ventoso a pesar de eso. Adentro del rancho Natalia y sus hermanas dispusieron todo para el cumpleaños: cubrieron al tablón que servía de mesa con un mantel de tela, pusieron algunas velas de colores, prendieron algunos sahumerios, pusieron vasos y cubiertos, guardaron las bebidas en la conservadora y le pusieron algo de hielo, y les pidieron a Judas y Diego que consiguieran algunas sillas prestadas con los vecinos. El *"Sanabichos"*, Lalo, Benito y Andrés fueron los encargados de comprar la carne: 10 kilos de asado de tira y 3 kilos de chorizos. Al rato volvieron Diego y Judas con seis sillas que habían conseguido. Ese día nadie se negó, entonces Paola y Petra hicieron una ensalada de lechuga, tomate, cebolla y zanahoria rayada. Mientras Simón cebaba mates, y Adán y Eva untaban galletitas con paté, *"Walter"* desenfundó su guitarra y comenzó a cautivarlos con su toque. La madre de Natalia sorprendió a todos con su voz deliciosa, cristalina, y a Sebastián le suplicaron… que no cantara, porque la *"Betty"* comenzó a aullar y se escondió debajo de la mesa, asustada.

Pasadas las 22 horas estuvo pronto el asado. Jesús primero llevó los chorizos, picados, que comieron acompañados con pan –también picado– y mayonesa, y al buen rato apareció con las tiras de asado, que, por esa única vez, comieron al plato y con ensalada. Las hermanas de Natalia fueron las que esa vez, al unísono, pidieron el infaltable *"¡un aplauso para el asador!"*, respondido con el aplauso espontáneo del resto. Un rato después salió Paola *"a fumar"* y apareció con una torta de chocolate que tenía dos velas con la forma del 2 y del 5 respectivamente. La habían hecho Paola y la madre de Natalia esa tarde, en la casa de un vecino, y allí la habían guardado en secreto. Apagaron el resto de las velas, cantaron dos veces el Feliz Cumpleaños, alguno de los hombres gritó *"¡soplá la vela!"*, todos aplaudieron cuando la cumpleañera apagó las velas, y después uno por uno la felicitaron, llenándola de besos. El que le dio Jesús fue para ella más dulce que la propia torta de chocolate.

Después permanecieron bastante rato callados, repletos, pipones, saciados de comida y de felicidad. Fue *"Walter"* el primero en reaccionar. Tomó su guitarra y volvió a entonar canciones de esas que sabemos todos. Iluminados por la tenue luz de la velas, con el viento soplando llenando el aire del rancho y sus corazones de olor a mar, la sensación era de una enfurecida placidez, mezclado con un vago misticismo que embriagaba las mentes de una forma mucho más potente que el alcohol.

En determinado momento *"Walter"* comenzó a tocar *Óleo de mujer con sombrero*, el conocido tema de Silvio Rodríguez. Al llegar a la parte de la canción que dice *"los amores cobardes no llegan a amores"*, movido por un repentino impulso, una necesidad que se le hizo urgente en el pecho, Jesús se levantó, se arrimó hasta Natalia, y sin decir nada, frente a todos los presentes, la besó en la boca…

Al principio ella no supo como reaccionar. Pero fue tan solo una fracción de milisegundos de estupor antes de que respondiera al beso de él, aceptándolo, su lengua buscando la de él. Se olvidaron del resto de los presentes, y pese a que el rancho estaba atopetado, en ese momento parecía que estaban solos y les sobraba el espacio; así de placentero fue ese beso que pareció irrompible, eterno, interminable.

Algunos de los presentes dieron vuelta laminada en forma cómplice cuando comenzaron a besarse, otros aplaudieron y lo celebraron, y Paola y las hermanas de Nati exclamaron *"¡por fin!"*.

En ese clima de fiesta nadie reparó en que alguien faltaba del rancho. Sorprendido como todos al ver la acción inicial de Jesús, Judas salió del rancho cuando vio la respuesta de Natalia. Se fue hasta la playa. Solo, ajeno al viento que soplaba crudo, lloró. Lloró de celos. Lloró de rabia. Lloró de bronca. Lloró de envidia. Lloró por sentirse tan mezquino y no poder alegrarse por la felicidad de sus dos amigos. Lloró, sobre todo, por la decisión que en ese momento había tomado.

La transfiguración

El 1º de agosto nació en el Hospital de Castillos la hija de Adán y Eva. Camila la llamaron. Cuando fue a visitarlos, los cansados pero orgullosos padres le pidieron a Jesús que fuera el padrino de la niña. Él aceptó encantado el honor y la responsabilidad ofrecida. Al salir del Hospital, los padres permanecieron un par de días en una casa de unos conocidos en la ciudad de Castillos, y fueron acompañados por la mayoría de los apóstoles, que acampados en el jardín de la casa (no querían perturbar a la beba con una presencia masiva de gente en la casa) se turnaban para ayudar a los padres primerizos. En Valizas solo quedaron Jesús, la discípula más amada, Simón, y el *"Sanabichos"*.

Sucedió entonces, que el día 6 de agosto de ese año Jesús los invitó a trepar el cerro de la Buena Vista, a fin de orar y meditar. Los tres discípulos se alegraron inmensamente en sus corazones. Partieron a media tarde, luego de haber almorzado frugalmente, y preparado unos refuerzos de fiambre y queso para merendar en la cumbre del espectacular promontorio rocoso que domina el paisaje entre Valizas y el Cabo Polonio desde la soberbia altura de su arenosa inmensidad.

El corto viaje fue alegre y despreocupado, bullicioso como el de un grupo de escolares que salen de excursión, y ni siquiera el esfuerzo de subir el enorme médano, ni los latigazos de arena que golpeaban sus piernas consiguieron aminorar el animado empuje de sus espíritus.

Una vez en la cima, se sentaron en círculo, y tomados de las manos realizaron una oración. Luego, Jesús les propuso realizar diversas dinámicas grupales y así estuvieron hasta que comenzó a ponerse el sol. Comieron los refuerzos que habían llevado, y los tres apóstoles quedaron profundamente dormidos.

Cuando despertaron, ya era noche profunda, sin embargo una extraña luminosidad emanaba de la noche. No era la luna, dado que la luz era de un blanco radiante, como si un haz de nieve iluminara el cerro. Cuando sus ojos se acostumbraron al resplandor, pudieron ver que la luz tampoco venía del cielo, sino que estaba cerca de ellos, aproximadamente a unos 20 metros… y sintieron temor.

"¿Porqué temen sin necesidad? Solo al mal deben temer, y no hay

nada maligno en el prodigio que están viendo", reconocieron la voz de Jesús, que parecía provenir directamente desde la inusual luminosidad. *"Miren"*, volvió a decirles cordialmente.

Al volver la vista hacia el haz de luz, notaron que pese a lo brillante que era, no dañaba sus ojos y podían ver directamente a través de la misma. Y allí… blanco y resplandeciente él, y blancas y resplandecientes sus vestiduras, estaba Jesús. Se encontraba sentado con las piernas cruzadas, la expresión de su semblante era alegre, como si estuviera completamente ajeno al milagro que tan desconcertados tenía a sus discípulos y amigos.

Sentados, a su lado, en animada charla, había tres varones más: los tres tenían la piel curtida y tostada de quienes viven en zonas cálidas y áridas. No tuvieron problemas en reconocer inmediatamente que el más alto de ellos era el mismísimo Jesucristo, salvo por el tinte más oscuro de su piel, se parecía bastante a las imágenes que durante siglos imaginaron los artistas. Al lado de él, una cabeza más bajo, pero más ancho y robusto de espaldas, canosas la cabellera y la poblada barba, se encontraba un anciano, que pese a su edad, transmitía una sensación de inusitada solidez, mucho más que el Nazareno (los tres sintieron que les provocaba paz su mirada), y más que el tercer acompañante. El parecido al Moisés interpretado por Charlton Heston resultaba demasiado evidente como para suponer que se trataba de algún otro profeta antiguo. El último de los acompañantes de Jesús era de la misma altura que Moisés, pero de complexión más fina y ágil, casi como un felino desértico. Al fijar su vista en él, percibieron la pasión, el ímpetu y el vigor que esos ojos negros y grandes transmitían a quien los mirara. Y si bien en este caso no pudieron recurrir a las memorias acumuladas generación tras generación en el imaginario popular, intuyeron correctamente que se trataba de Mahoma. Los cuatro se encontraban rodeados de gloria y hablaban sobre el ministerio de Jesús Maggo, y recordaban anécdotas de los suyos. *"Es cierto, les juro, tuve que destruir las primeras Tablas de la Ley porque Dios las había escrito con faltas de ortografía, y hubiera sido muy vergonzoso reconocerlo. Por eso acordamos la historia de la idolatría, y por eso las pequeñas diferencias que aparecen en la Biblia"*, les contaba risueñamente Moisés en ese momento y los cuatro reían.

–Dime –codeó Simón al *"Sanabichos"*– ¿no te parece conocido todo esto?

–Tienes razón, hay algo vagamente familiar...

El silencio se hizo un breve momento entre los dos.

–¡Ya sé! –susurró el *"Sanabichos"* para que solo Simón lo pudiera oír–. ¡GANDALF!

–¿¡QUE QUÉ!? –gritó Simón, susurrando.

–Sí, ya sé de donde conozco esto. Es como en *El señor de los anillos*, en el segundo libro. Cuando vuelve Gandalf convertido en Gandalf el Blanco.

–¡Mira tú!, no sabía.

–Quién lo diría... Dios plagiando a Tolkien.

En ese momento, Natalia, Simón y el *"Sanabichos"* se arrodillaron y comenzaron a rezar. Cuando los tres profetas se levantaron y comenzaron a alejarse, Natalia, acercándose a Jesús, le dio un sutil beso en los labios, y le dijo: *"Mi amor, ya es de noche, ¿por qué no volvemos al rancho e invitamos a estos santos varones a que nos acompañen?"*.

–No es necesario mi querida Nati, mira –le respondió Jesús.

Y mientras le señalaba, una nube los cubrió a todos, y se escuchó una voz que manifestó: *"Estos son, aquí están mis hijos amados"*. Cuando calló la voz y desapareció la nube, se encontraban los 4 solos nuevamente.

Volvieron callados al pueblo, y Jesús les indicó que de lo que habían visto nada dijeran hasta después de su partida.

Jesús habla sobre el aborto

Después de todos esos sucesos, Jesús y los apóstoles no volvieron a salir a predicar hasta mediados del mes de setiembre. En esta ocasión, su derrotero los llevó hacia el norte del departamento, hasta Lascano. Desde allí, siguiendo hacia el norte, salieron por segunda vez del departamento de Rocha.

Estando en la plaza principal de ciudad de José Pedro Varela, en el departamento de Lavalleja, una cantidad de niños se les acercaron y revoloteaban en torno a ellos. Los apóstoles quisieron correrlos, pero Jesús se los impidió, y llamándolos a su lado, sentó a uno de ellos en su falda y dijo: *"Dejen que los niños vengan a mí, porque para ellos el Reino de los Cielos está abierto, y solo los adultos que en su corazón sigan siendo niños podrán entrar al Reino de los Cielos"*. Así les habló antes de que tuvieran salir corriendo, porque la madre del niño que estaba en la falda de Jesús lo vio y empezó a gritar *"¡DEGENERADO!... ¡DEGENERADO!"*, mientras corría hacia ellos, seguida de una turba que acudió al escuchar sus gritos desgarradores.

Al pasar por la ciudad de Treinta y Tres, capital del departamento homónimo, Jesús bautizó en las aguas del río Olimar a cuatro fieles que había convertido la noche anterior, acodado a la barra de un bar.

Terminaron su periplo en la ciudad de Melo, capital del departamento de Cerro Largo. Le estaba hablando a la poca gente que atendía su discurso en la llamada plaza *"de la rosa"* (en realidad llamada Independencia, pero conocida popularmente por el otro nombre debido a la horrorosa escultura que semeja una rosa que corona la fuente del centro), cuando fue interrumpido por un infiltrado. Se trataba de un integrante de la curia, al que Monseñor en persona le había encomendado que actuara como espía e informante si Jesús y los Doce llegaban a aparecerse por la zona.

–¡Valicero! –exclamó con ímpetu, llamando la atención de todos quienes estaban en la plaza–. ¿Qué pensás sobre el proyecto de ley para despenalizar el aborto?

Jesús lo miró fijamente, con esos ojos que cuando miraban parecían capaces de desnudar el alma de las personas. Hizo una mueca con su boca, una leve sonrisa.

–Me preguntas que pienso sobre ese proyecto, hermano. Pues bien, te responderé: dado que la realidad señala claramente que la penalización no tiene la más mínima eficacia, y que por eso mismo solo sirve para generar un mal arriba de otro mal, es que estoy a favor del actual proyecto.

Los pocos asistentes que lo estaban escuchando exclamaron *"¡OO-OHHH!"* al unísono, sorprendidos. En el rostro del espía se dibujó una mueca burlona.

–Así que lo apoyás… apoyás un proyecto que legaliza el homicidio, el asesinato, porque según vos la ley actual no es *"eficaz"*. ¿Por qué no legalizar el homicidio también?

–Hermano –le replicó con otra sonrisa– difícilmente el aborto pueda ser comparado con un delito como el homicidio. El aborto es una tragedia… siempre es una tragedia que produce un daño irreparable, y deja dos víctimas: el feto que es abortado, y la mujer que se vio obligada a tomar esa decisión.

–¿Cómo es eso? –intervino uno de los pocos presentes que lo estaban escuchando.

–Verás, el problema no es el aborto sí o el aborto no. Creo que en condiciones ideales nadie estaría a favor de recurrir al aborto. De hecho, apoyar la despenalización no es apoyar al aborto. El problema se halla detrás del aborto y son varios: la injusticia social, la sociedad patriarcal y machista en la que aun vivimos, la dignidad de la mujer, y el desconocimiento sobre como ejercer una sexualidad responsable. Todas esas causas se encuentras mezcladas, y lo que logran es que las mujeres que recurren al aborto no sean libres; dado que no es libre quien actúa movido por el miedo, por la culpa, por falta de información, o por cualquier otra forma de presión física, social, psicológica o cultural.

–¡Podrían llevar el embarazo a término y dar los bebés en adopción! –gritó otra vez el espía.

–¿Cuántas veces has estado embarazado?

–¿¡QUE QUÉ!?

–Lo que te pregunté: cuantas veces has estado embarazado…

–¡Pero es una pregunta estúpida! ¿Cómo voy a haber estado embarazado si soy un hombre?

–Eso me parecía –le contestó Jesús con sarcasmo–. Porque el planteo que hiciste sería de una enorme valentía si lo hiciera una mujer. Pero de boca de un hombre, solo demuestra una gigantesca ignorancia sobre lo que significa ser mujer y llevar un embarazo, sobre la carga psicológica y emotiva que significa un embarazo no deseado, y también lo que significa luego desprenderse de esa criatura. Pero gracias por haber dado un clarísimo ejemplo de la oscurantista mentalidad machista.

El rostro del espía adquirió una tonalidad bordó, mientras algunos de los presentes se reían de lo que Jesús le acababa de decir.

–Por tanto –continuó él– considero que mientras no generemos condiciones para erradicar las verdaderas causas que llevan al aborto, será una hipocresía social seguir penalizándolo. Porque lo que estamos logrando es que los abortos se hagan en forma clandestina, y por tanto, seguimos generando víctimas por partida doble.

Así terminó de hablar ese día en la plaza principal de Melo, y al día siguiente volvieron a Valizas.

La vuelta a Montevideo

Sin saber cómo, Jesús intuía que se acercaba el final de su misión. No. No era una intuición. Era algo más firme, sólido: era una certeza. Jesús SABÍA que se acercaba el final de su misión. Y que debía volver a Montevideo. Pero también sabía que no sería fácil convencer a los apóstoles de ir a la gran capital.

Sin embargo, tenía otro poderoso argumento para convencerlos: el 16 de noviembre su madre cumpliría 50 años, y pensaba festejarlos con una gran fiesta familiar. Entonces él sintió añoranza de ella, de su abuela, del viejísimo Jonás, de la casa materna, de las memorias atesoradas en su cuarto que esperaban su regreso.

Una tarde a fines de octubre los reunió a todos y les dijo *"Ustedes saben que hasta ahora, todas las cosas que hemos hecho, las hemos decidido como grupo, como hermanos y hermanas de la comunidad. Esta vez nos he reunido para decirles que, como saben, se aproxima el cumpleaños de mi madre. Hace varios días que la estoy extrañando a ella y mi familia, y quiero acompañarla para celebrar. Por tanto, he decidido ir a Montevideo a mediados de noviembre. Se que muchos de ustedes no quieren moverse de acá. Por eso, hoy no les voy a pedir que me acompañen. Los que quieran pueden quedarse acá y esperar mi regreso. Pero si alguno de ustedes quiere venir conmigo, con gusto será recibido en casa y tratado como el hermano que ya es".*

–¿¡Que acabás de decir!? –saltó el *"Sanabichos"*–. Desde que nos invitaste a dejar todo para seguirte, siempre nos has consultado y hemos tomado las decisiones colectivamente. ¿Y ahora justo se te ocurre decidir tú solo y que cada quien haga lo que le parezca? No me parece Jesús Maggo. Si para ti es tan importante acompañar a tu madre en su cumpleaños, entonces es importante para todos nosotros. Igual que ha sido importante el cumpleaños de Nati, la fiesta de 15 de la hermana de Benito, o el nacimiento del sobrino de Diego. Y creo que hablo por todos cuando digo que si estás decidido a ir, nosotros, vamos contigo...

–¡Totalmente! –exclamó Simón– además, ¿cuánto más grande puede ser Montevideo que Punta del Este?, no creo que mucho.

El aire del rancho se llenó de alegría con las carcajadas.

–Muchas… muchas gracias. A todos ustedes –habló Jesús finalmente, visiblemente emocionado, mientras posaba sus ojos en cada uno de ellos.

Esa noche fue, solo, hasta la playa. Armó un porro y mientras fumaba, se puso a meditar sobre las cosas que habrían de venir. Tan absorto estaba en sus pensamientos, que se sobresaltó cuando sintió una mano posarse en su hombro. Pero en cuestión de nanosegundos, sus centros nerviosos identificaron el toque suave, leve, como el de una palma femenina, y la ternura con que fue hecho el gesto.

–¿Un peso por lo que piensas? –sonó la voz almibarada de Natalia a su espalda.

Él dio vuelta la cabeza y ambos sonrieron brevemente. Ella se sentó a su lado. Llevaba una botella de vino y dos vasos. *"Por nosotros"*, brindaron luego de servirse y antes de besarse.

–Decime, Jesús, ¿que es lo que te preocupa?

–¿Tan evidente soy?

–No. Pero creo conocerte algo en este tiempo.

–¡Ah! –suspiró– me preocupa el futuro. La incertidumbre que no logro despejar de mi cabeza.

–¿Tenés dudas?

–Muchas. No por mí… es por ustedes que me preocupo. Que será de ustedes cuando yo ya no esté.

–¿¡CÓMO QUE CUANDO NO ESTÉS!?

–¡Ssshhhttt!... no subas mucho la voz Nati. Lo que te voy a decir, que quede entre tú y yo, ¿está bien?

–Sabés que sí.

–¿Recuerdas el día que subimos a la cumbre del Buena Vista?... ya sabes, la noche que fuimos con Simón y el *"Sanabichos"*.

–Como no recordarla –hizo una mueca con sus ojos.

–¿Qué les dije aquella noche?

–Que no dijéramos nada de lo que vimos hasta después de tu partida.

–Tal cual. Y ese momento se aproxima Nati…

–¡Mmm.....! –suspiró ella–. Entonces, ¿esta ida a Montevideo es el comienzo del fin?

–Eso me temo…

–¡Entonces no vayas! ¡Quedémonos acá Jesús!... aun nos queda tanto por hacer –unas lágrimas comenzaron a correr por sus ojos.

–Nati, Nati –le dijo mientras le secaba las lágrimas– nada me gustaría más que dejar todo y pasar el resto de mis días contigo. Pero tengo que cumplir con la misión que me ha sido encomendada. Y ahora, ha llegado el momento de ir al Coliseo para ser devorado por las fieras.

–¡Pero yo te amo!

–Y yo a ti. Pero lamentablemente la vida no es justa. Debo sacrificarme para que un bien sea hecho. Pero vamos… ya que nos queda poco tiempo, aprovechemos el que nos quede –agregó al final, mirándola fijamente a los ojos.

Su voluntad se entregó a la de él, y se amaron hasta bien comenzado el día.

Partieron de Valizas el 14 de noviembre en el coche del mediodía, llegando a Montevideo a media tarde. No demoró mucho Simón en darse cuenta cuanto más grande podía ser Montevideo que Punta del Este. Le bastó el recorrido del ómnibus por toda Avenida Italia para llenar sus ojos de casas, edificios, calles, autos, semáforos, cemento, tránsito, y gente, gente, gente y más gente por todos lados. Andrés y Petra esta vez no exclamaron nada. Iban, igual que la vez que fueron a Punta del Este, mirando todo con la ñata pegada contra el vidrio, pero pese a que quedaron anonadados por el tamaño de Montevideo, les pareció una ciudad más sucia, más desordenada, más frenética, menos linda que Punta del Este. Pero bastó que conocieran la rambla para que ambos se reconciliaran con ella...

El *"Sanabichos"* fue el primero en bajarse. Bajó en la parada de Avenida Italia con Avenida Bolivia, porque se quedaba en el apartamento de su madre en Malvín. El resto del grupo se bajó en la terminal de Tres Cruces y de ahí se dirigieron a sus destinos. La madre y hermanas de Natalia vivían en el mismo edificio del barrio Palermo (frente a la rambla) en que vivían los padres de Paola. Lalo se quedaba a tres cuadras de la terminal, en el apartamento que vivía su hermano. En el Cordón se quedaban Diego, Benito y Judas; el primero sería huésped de Diego Soriano, Benito tenía unos primos que vivían por la zona, y Judas en lo de unos amigos. Adán y Eva se quedaron en la casa de los padres de ella, en el Prado. Por último, los hermanos Andrés, Petra y Simón habían sido invitados por Jesús a quedarse en su casa del Buceo.

La amplia casa era la tercera que los Maggo habían tenido en el país. Al llegar, Jonás había vivido en una pensión de la Ciudad Vieja. Tiempo después, allá por comienzos de la década del 10', había conseguido ahorrar algún dinero y se compró un terreno cercano al puertito del Buceo, donde comenzó a levantar un rancho de madera y lata. Pero luego había conocido a Marta, que vivía en el barrio de La Teja, entonces ambos se habían mudado a la casa de los padres de ella, y luego, entre los dos, compraron una casita que fueron ampliando como pudieron a medida que la familia iba creciendo.

Sin embargo, Jonás nunca abandonó del todo la idea de construir su vivienda en el Buceo, cerca del puertito que lo había enamorado, en esa rambla como ninguna. Muchas veces, Marta, en sus celos, deseó que su marido hubiera tenido una amante de carne y hueso, con la que poder competir en encantos femeninos; pero *"la mar"*... *"la mar"* ya era otra cosa, la más implacable de las amantes, contra la cual ella no podía competir.

Así fue como poco a poco, tabla sobre tabla, Jonás fue levantando su añorado rancho. Refugio y solaz en los días que se sentía agobiado por la rutina, por los deberes cotidianos de la vida diaria. Para los hijos de ambos el rancho era sinónimo de alegría y vacaciones: se volvió costumbre, a mediados de la década del 20', que luego de pasar la Navidad en casa de los padres de Marta, se iban el 26 al ranchito del Buceo y se quedaban todo enero. Marta nunca se reconcilió de todo con *"la mar"*, pero al menos, dejó de celarla tanto.

Pasaron los años. Joaquín comenzó a trabajar junto a su padre en la ampliación y mejora del viejo rancho que, por ese entonces, ya tenía más de 20 de construido. Tiraron abajo parte de la construcción, consiguieron ladrillos, y comenzaron a edificar una nueva y más firme vivienda. Joaquín, incluso puso un dinero que había ahorrado para comprar parte de un terreno lindero. Pacientemente, terminaron por levantar una casa, una especie de sencillo chalet de paredes blancas y techo a dos aguas. Tenía un amplio living con chimenea, tres dormitorios, cuarto de baño, cocina, un lindo fondo con un limonero, algunos hibiscos, un gomero, y churrasquera, y garaje con una pieza-dormitorio. Durante varios años, el garaje se utilizó solamente para guardar los aparejos de pesca, sillas de playa, la sombrilla, y un bote viejo que Jonás había adquirido mediante trueque. Por eso fue que a nadie extrañó que, como regalo de bodas, Jonás le pasara la propiedad del chalet del Buceo a Joaquín. Al igual que había sucedido antes con Miguel y la casa de La Teja. Por más que Joaquín y Ana se mudaron allá, la casa siguió siendo el lugar de veraneo de toda la familia Maggo por varios años más. Y cuando Marta falleció, Jonás dejó de vivir en la casa de La Teja y se mudó a su querida casa en el Buceo para estar más cerca de *"la mar"*.

Volvió Jesús a la casa en que se habían criado su madre y él, y que tantas alegrías y tristezas, que tantos queridos recuerdos guardaba en cada rincón de cada habitación y atesoraba en los familiares olores. Llegó de sorpresa, no le había avisado nada ni a su madre ni a su abuela. Cuando ésta le abrió la puerta, lanzó una exclamación de sorpresa que se le ahogó en la garganta, y enseguida abuela y nieto, entre lágrimas de alegría, se abrazaron y besaron. Una vez recompuesta de la emoción, Ana dio la bienvenida a los amigos que acompañaban a Jesús. Jesús se instaló en el cuarto con Jonás, Petra en el cuarto que ocupaba Ana, y Simón y Andrés fueron acomodados en el cuarto que había en el garaje. Esa noche, cuando Sara y José volvieron a la casa, se repitió la escena de la tarde, y celebraron la vuelta de Jesús con unas muzzarellas acompañadas de gaseosas y vino rosado.

Dos días después Sara festejó su 50º cumpleaños, acompañada de su marido, de su hijo, de los dos hijos de su marido, de su madre, de su abuelo, de varios primos con sus respectivas parejas, de los dos tíos que aun quedaban con vida, y de los apóstoles de Jesús. Desde sus épocas de liceal que Sara no había tenido un cumpleaños tan concurrido, desde antes de la muerte de Joaquín que no había tenido uno tan feliz, y desde aquella noche en Valizas con un anónimo murguista, que no tenía una noche tan apasionada, tan plena.

Al día siguiente, Jesús invitó a los Doce a comer un asado en la casa. Al otro día fueron a tomar mate a la rambla. Al tercer día luego del cumpleaños de su madre, les propuso a sus tres huéspedes llevarlos a conocer Montevideo. Andrés y Petra aceptaron encantados de la vida, pero lo más sorprendente fue que Simón, si bien no se mostró muy entusiasta, aceptó salir de paseo con el grupo. En los días siguientes los llevó a conocer desde la Fortaleza del Cerro hasta el Montevideo Shopping Center. De todos los paseos, la Ciudad Vieja y la rambla sur fue el que más les gustó, y el del Shopping el que menos. También les gustó la ida a la Fortaleza del Cerro y la vista impresionante que tenían de la ciudad desde ahí. Solo en ese momento, al poder apreciar la magnitud de Montevideo, los tres hermanos dejaron escapar una exclamación de incredulidad, como niños descubriendo el mundo. Contemplando la ciudad desde esa altura, les pareció que la capital era una enredada telaraña de cemento. Lo que no terminaron de entender, fue como podía ser que un viaje dentro de una misma ciudad les llevará el mismo tiempo que ir de Valizas a La Paloma, y más que ir de Valizas a Castillos. Eso, y el tránsito, fueron las dos cosas que menos le gustaron de Montevideo.

De ese modo, Jesús fue consiguiendo que fueran asumiendo naturalmente que él pensaba quedarse en Montevideo porque se aproximaba el final de su misión. No le iba a impedir a ninguno que así lo quisiera, irse; pero con los paseos, con los asados, con el descanso, y con la rambla, acostumbró a los más reacios –como Simón– a la ciudad. Por eso, ninguno se sorprendió cuando el 27 de noviembre, Jesús les propuso volver a predicar, porque ya habían descansado bastante y recompuesto fuerzas.

–¿¡COMO!?, ¿es que volvemos a Valizas? –preguntó, incrédulo, Simón.

Jesús lo miró con una sonrisa pícara. Los miró a todos con la misma sonrisa pícara, y les dijo: *"no solo en Valizas puede predicar el hombre, mi buen Simón"*.

–Ah… ya me parecía –contestó él con un dejo de desazón–. Bueno, cualquier ciudad con una rambla como esta, debe ser buena para predicar. –Agregó enseguida con una sonrisa.

Todos quedaron asombrados. No solo había aceptado Simón quedarse en Montevideo a predicar, sino que hasta había reconocido algo bueno en ella. Y si Simón lo aceptaba, el resto mucho más. La votación fue rápida y unánime: se quedarían predicando en Montevideo hasta Año Nuevo, luego de lo cual, volverían a Valizas.

En los días siguientes comenzaron a predicar. Predicaron en las plazas, en las calles, en la explanada de la Universidad de la República, en la explanada de la Intendencia de Montevideo, en el Parque Zoológico, en la escalinata de la Biblioteca Nacional, a lo largo de la rambla, en la terminal de Tres Cruces, afuera de los shoppings, e incluso en los ómnibus. Hicieron esto en grupos de dos, y si bien no tuvieron mucha suerte, al menos en los ómnibus los pasajeros les dieron bastantes monedas... salvo por aquel incidente, en que el guarda obligó a Diego y Benito a que bajaran del coche, luego de que el primero reprendiera a los pasajeros: *"¡PASAJEROS! Muchas gracias y buen viaje a todos los que han colaborado con nosotros. Especialmente a usted, amable señora, que nos dio 4 pesos... ¡pero eran los últimos 4 pesos de propina que tenía! Usted ha sido más generosa y nos ha dado más que aquellos que nos han dado 5 y hasta 10 pesos... pero eso era de lo que les sobraba. En cambio usted dio de lo que precisaba para vivir".* Entonces él le dio a la señora una moneda de 5 pesos, y arrojó las monedas (salvo los 4 pesos de la señora) al resto de los pasajeros. Fue entonces, cuando algunos pasajeros se levantaron para atacarlos, que el chofer frenó violentamente y el guarda, con un vozarrón furioso los obligó a bajarse del coche.

Pronto, por todo el barrio los vecinos y vecinas comenzaron a chusmear acerca de Jesús y sus actividades. *"¿Vieron que volvió el hijo de Sara?"* decía alguien. *"¡Oh sí! ¿y esa pinta con la que anda?, todo barbudo y vestido... así",* agregaba alguien más. Y a partir de ahí las conversaciones ya tomaban otro ritmo: *"Y las juntas raras con las que anda". "Sí. Todos vestidos igual y van por la calle hablando del amor y la paz. ¡Parecen hippies!". "¿Y que esperabas? Si abandonó una buena carrera de abogado para irse a vivir a Valizas". "Seguro que anda metido en las drogas". "Y encima le andan diciendo a la gente que vida deben llevar. ¡Que descaro!". "A gente como uno, que es gente honrada, de trabajo". "¡A nosotras que vamos a la Iglesia todos los domingos y donamos para la caridad!". "¡A nosotros, que somos de izquierda y solidarios!". "¡Pobre Sara, que hijo le tocó!". "¿¡Que pobre Sara!? Ella nunca fue una santita". "Tenés razón, acordate que fue madre soltera muy joven". "Es que toda esa familia ha sido siempre muy rara".*

Ese año, fue el primero desde que los apóstoles habían comenzado a seguir a Jesús, en que pasaron separados la Noche Buena. Jesús, Petra,

Simón y Andrés pasaron en casa de la familia de Jesús, Natalia y Paola pasaron juntas con sus familias, Lalo con su hermano y unos tíos, Judas con los amigos donde se estaba quedando, el *"Sanabichos"* con su madre, la familia de su tía y la Betty, Adán y Eva con los padres y familia de ella, Diego en lo de su abuela (y unos tíos viejos), y Benito con sus primos.

Pero al otro día, como era el cumpleaños de Jesús, se juntaron todos a almorzar en la casa del Buceo. Con sidra y sobras de la noche anterior celebraron el que sería su último cumpleaños.

Jesús se enfurece en el templo

Sucedió, entonces, que al quinto día luego de la Navidad, iban predicando Jesús y los Doce, cuando pasaron por el viejo cine del barrio.

La pequeñita y acogedora salita, en la que tantas y tantas tardes de matinée había pasado en su niñez y temprana adolescencia, se había transformado en un templo religioso. Jesús rápidamente recordó... recordó cómo se había divertido con las películas de Disney, recordó la emoción hasta las lágrimas que había sentido con *E.T.*, recordó el torrente de adrenalina con cada pelea (y entrenamiento) de *Rocky*, con cada guerra de *Rambo*, con cada patada voladora en las de karate, recordó la sensación mezcla de miedo odio y admiración por la máquina de *Terminator* (que se transformó en admiración en su secuela), recordó el aburrimiento con *Rainman* y *Conduciendo a Miss Daisy*, recordó el horroroso encanto de *El silencio de los inocentes*, recordó la épica poética de *Danza con Lobos*, recordó la maniática genialidad de Jack Nicholson haciendo del Guasón en *Batman* (¿o era el Guasón haciendo de Jack Nicholson?), recordó las sonoras carcajadas con *La Pistola Desnuda*, recordó la magia digital de *Parque Jurásico*... y recordó aquel beso furtivo y fugaz, que se había dado con su vecina durante la función de *Ghost*.

Pero todo aquello no eran más que recuerdos. Y en vez de cine, ahora se encontraba instalada una iglesia del *Templo Mundial de la Casa de Dios*. Donde antes había pósters promocionando las películas, ahora había carteles anunciando los horarios de las sesiones religiosas, el nombre del prelado encargado de oficiarla, y los precios de diversos productos santificados que ofrecían a los fieles para colaborar con las finanzas del templo y facilitar su salvación. A la hora en que pasaron por allí, estaba oficiando la ceremonia el ministro Valdir. Curiosos, decidieron entrar...

Pasaron el hall de entrada, donde atrás de un mostrador se ofrecían diversos productos a la venta: arena del desierto en que fue tentado nuestro Señor con huellas de sus pies, agua bendita del río Jordán, agua milagrosa del mar de Galilea, aceite, vino y sal divinos que sobraron de la Última Cena, pescados que sobraron de la segunda alimentación de la multitud y pedazos de la túnica que usó el Señor en su camino a la cruz.

Adentro, el clima era extrañamente festivo… tenía cosas de casamiento gitano, tenía cosas de una gran kermés rural, pero sobre todas las cosas, tenia mucho de espectáculo circense. Todo parecía alegre y desordenado, pero todo estaba milimétricamente detallado y orquestado. En la vieja sala, donde antes se juntaban no más de una centena de espectadores, en aquel momento se amontonaban más del doble de personas de todas las edades… y una sola clase social. Había mujeres de 40 a 60 años de cabellos rubios y raíces negras, también niños recién bañados, perfumados y vestidos con sus mejores ropas de segunda mano, y hombres vestidos con sus mejores trajes viejos y los bigotes emprolijados o recién afeitados. Jesús no pudo evitar comparar aquella aglomeración, con la forma en que se apelotonaba gente en los barcos de inmigrantes a fines del siglo XIX y comienzos del XX.

En ese momento, arriba del estrado, un hombre de pelo cortito, tez morena, estatura mediana y complexión fuerte, le estaba hablando a la multitud. Tenía acento abrasilerado. Aparentaba unos 35 años. Tal vez 40. Vestía pantalón gris de vestir, camisa celeste de manga corta y zapatos negros. Era el ministro Valdir. A su costado, dos hombres, vestidos de la misma forma que él, pero como 10 años más jóvenes, y también más altos y fornidos, lo acompañaban, e incitaban a la muchedumbre a cantar, batir palmas, a pararse, a sentarse, y a orar junto al ministro. A los lados de la sala había otros dos hombres parecidos, y cuatro jóvenes mujeres, que vestían polleras y camisas celestes, zapatos negros, y llevaban unas cestas en sus manos.

–¡Hermanos! Les pido que cierren seus ojos y recen. Récenle al Señor, pues solo con sua ajuda saldrán los espíritus malignos que los aquejan. Si se sienten deprimidos, tristes, solitarios, desgraciados, angustiados, doloridos, sufrientes. Si pelean con seus seres queridos. Si no tienen trabalho. ¡Repitan conmigo!: ¡SAL DIABLO, SAL! Sal de meu corpo, sal de minha vida –se dirigió a la gente el ministro Valdir.

De pronto, una mujer comenzó a convulsionarse frenéticamente. El ministro, desde la tarima, la señaló con su índice y exclamó *"Te lo ordeno demonio: ¡sal de esa mulher!, abandona ese corpo!"*, mientras uno de los jóvenes llegaba hasta ella y le ponía la mano en la frente. Tan súbitamente como habían comenzado… las convulsiones cesaron y la mujer se recuperó.

–¡AMÉN! –exclamó el ministro.
–¡Amén! –repitió la multitud.
–¡No los escuché! –los retó él.
–¡AMÉN! –volvieron a repetir.
–Agora, ¿quien de ustedes ha dejado de sentir dolor?, ¿quien ha sido bendecido?, ¿quien quiere compartir su bienestar con todos?

En una de las filas del medio, una mujer levantó inmediatamente la mano. Se acercó hasta ella uno de los jóvenes, con un micrófono y la invitó a pararse. Tenía algo más de 60 años. *"Ministro, yo quiero agradecerle, porque mi marido sufría de cáncer, y usted prometió que él no moriría de ese mal"*.
–Tu marido sufría de cáncer
–Sí, ministro.
–¿Y era terminal?
–Sí, estaba desahuciado según la medicina.
–Pero yo te prometí que no moriría de cáncer.
–Así es
–¿Vive él aun?
–No. Falleció.
–¿Y de que murió?
–Atropellado por un auto que se dio a la fuga.
–¡ALELUYA HERMANOS! Lo que le prometí a esta hermana, fue cumplido… seu marido no murió de cáncer.
–¡ALELUYA! –exclamó la multitud.

Se sentó la mujer, y volvió el ministro a dirigirse a la multitud. *"Muchas gracias hermana por seu testimonio. ¿Quién más tiene un testimonio para compartir"*, preguntó. Esta vez fue un hombre de mediana edad quien levantó la mano y se paró para relatar su testimonio.

–Con mi mujer teníamos problemas para concebir –dijo el hombre.
–No podían tener hijos.

–Así es, ministro.

–¿Y procuraron algún tratamiento?

–No podíamos. No tenemos el dinero, ministro –el hombre bajó la cabeza.

–¿Y qué pasó?

–Le hablamos a usted de nuestro problema…

–Y entonces…

–Usted se fue a quedar a casa con nosotros, y a los pocos días ocurrió el milagro: ¡mi mujer quedó embarazada!

–¡Aja! ¿Y el embarazo llegó bien?

–¡Sí ministro! Ya somos padres. Mi mujer insistió en ponerle Valdir al bebé, por su ayuda.

–No era preciso. Estamos para ajudar.

–¡Gracias ministro, gracias! Es un bebé precioso. Parecido a usted incluso.

–¡ALELUYA HERMANOS! Porque la fe de estos hermanos ha sido recompensada.

–¡ALELUYA! –volvió a exclamar la multitud.

Se sentó el hombre, y volvió el ministro a dirigirse a la multitud. *"Muchas gracias hermano por seu testimonio. ¿Quién más tiene un testimonio para compartir"* preguntó. Esta vez fue un joven de menos de treinta años de edad quien levantó la mano y se paró para relatar su testimonio.

–Yo estaba perdido por las drogas, ministro. Empecé a consumir, y luego, para consumir, empecé a vender.

–El vicio te llevó a convertirte en narcotraficante, hermano.

–Sí, ministro –dijo acongojado el joven.

–¿Y qué pasó?

–Le conté a usted mi problema, porque quería cambiar de vida.

–¿Y que pasó?

–Dos días después de hablar con usted, la policía cayó por casa con una orden de cateo.

–Ajá… entonces…

–Entonces marché preso.

–O sea: cambiaste de vida hermano

–Sí ministro, cambié de vida. Fue un cambio radical, porque hasta me convertí en la novia de un recluso, Walter el "Tripa" Sarlanga. Y hoy convivimos los dos en una casita.

–¡ALELUYA HERMANOS! Porque este hermano quería cambiar de vida, y lo logró con la intervención del Señor.

–¡ALELUYA! –exclamó, por tercera vez, la multitud.

Entonces las jóvenes con las cestas comenzaron a pasar entre la multitud, mientras el ministro Valdir les decía:

–Agora que han visto el poder de la fe, pueden depositar su ofrenda en las cestas que las hermanas pasarán a ustedes. Recuerden que si no pueden o no quieren no es necesario. Pero saben que Dios los escuchará melhor. Si pueden ofrendar 10 pesos está muito bom. Si pueden ofrendar 50 está melhor. Y muito melhor si pueden ofrendar 100, 200 o más. Porque las ofrendas protegen contra os trabalhos de macumba y brujería.

A medida que las jóvenes iban pasando con las cestas, de todos lados surgían manos y brazos, y parecía que la muchedumbre toda era una gigantesca criatura de cientos de brazos y manos que competían, frenéticas, entre ellas, por depositar primero su ofrenda.

–¡Y luego de que hayan hecho su ofrenda, los que quieran pueden pasar al frente a beber un trago del agua milagrosa del mar de Galilea! –avisó el ministro, agitando un frasco que contenía un líquido que por su color y consistencia parecía más chocolate líquido que agua.

Fue en ese momento que la indignación que se había ido acumulando en el pecho de Jesús a medida que transcurría aquel tragicómico espectáculo, explotó. *"¡No beban de esa agua podrida!"*, gritó de repente, *"¡esa agua no es del mar de Galilea. Es agua contaminada del Miguelete!"*.

–¡ALELUYA HERMANOS! ¡Porque esta agua milagrosa es agua de río mezclada con mar!

–¡ALELUYA! –chilló la multitud, al borde del paroxismo.

–¡Por favor! No le crean a estos falsos ministros que vienen a ustedes con piel de oveja, pero por dentro son lobos famélicos. ¿Es que no se dan cuenta?, ¿no los conocen por sus frutos? ¡No todos los que profetizan en nombre de mi Padre y dicen hacer milagros son sus servidores! ¡De su propio bolsillo son servidores! ¡Óiganme, y sean como el hombre prudente, que primero compra la casa, y recién después se compra la goma!

Pero la multitud tenía su voluntad y sentidos fascinados por el ministro Valdir, y no prestaban atención a lo que les decía Jesús. Entonces llegaron, hasta donde él estaba con los Doce, los muchachos jóvenes y fornidos que acompañaban al ministro, y comenzaron a forcejear, a empujarse, alguien tiró el primer golpe de puño, y pronto la pelea se había desatado en el interior del templo. Volaron sillas, patadas y puñetazos. *"¡Están poseídos por el demonio!"* gritó histéricamente el ministro Valdir al ver que los suyos llevaban la peor parte. Al escuchar eso, la multitud tomó partido por el ministro y sus ayudantes. Entonces Jesús y los apóstoles escaparon hacia fuera, y aun tuvieron tiempo, cuando pasaron por el hall, de tirar el mostrador donde vendían sus productos.

Así terminó aquella jornada, con una hecatombe, una debacle total, en la que se vieron envueltos: Jesús, los Doce, el ministro Valdir, sus ayudantes, y los fieles del templo. Y Jesús y los Doce finalmente tuvieron que darse a la fuga.

El último asado

Esa misma noche, luego del altercado en el templo, Jesús invitó a los apóstoles a un asado. En realidad, cuando los llamó, les había hablado de hacer una corvina a las brasas, comprada en la que –según él– era la mejor pescadería de todo el país. Sin embargo, cuando los apóstoles llegaron, se encontraron con que en lugar del pescado prometido, había asado, chorizos y chinchulines. *"Ya está todo el pescado vendido"* le respondió a cada uno que le preguntó.

–¿Por qué "está" y no "estaba"? –Benito fue el único al que le pareció curioso aquello.

–Porque el corazón tiene razones que no entiende la semántica –le respondió él, divertido.

Entre él y los tres hermanos habían arreglado todo para el asado. Habían sacado y armado la gran mesa blanca de plástico y todo el juego de sillas, más dos o tres de madera. Además del asado y chorizos para 13, habían comprado dos salamines, cuatro flautas, queso, aceitunas y una bolsa grande de papas chips. Todo eso para picar. También habían comprado dos refrescos, de dos litros cada envase, 10 cervezas, una damajuana de 5 litros de vino tinto, y el marido de Sara les había obsequiado una botella de whisky. Por último, Petra había hecho un flan.

Sentados alrededor de la mesa, mientras iban picando algo y tomando bastante, Jesús les propuso una dinámica. Cada uno escribió su nombre en un papelito, los metieron en una bolsa, y a medida que los iban sacando, el sorteado debía compartir con todo el grupo sus impresiones acerca del año que se iba, que esperaba para el año que entraba, de su mayor anhelo, de su mayor tristeza, de su mayor alegría. A medida que ellos seguían tomando, y mientras Jesús demoraba un poco al asado en la parrilla, las almas se fueron elevando, las lenguas aflojando, los cerebros descontrolando, y las entrañas calentando. Se emocionaron cuando Petra dijo que lo que más le gustaría sería terminar el liceo; zoncearon de lo lindo cuando Paola dijo: *"mi mayor deseo para el año que viene, es que me de bola el hombre que me gusta"*, y miró sugestivamente a Andrés, cuyo rostro adquirió una tonalidad rojo incandescente; se rieron cuando Diego prometió *"empezar la dieta el primer martes de enero, porque ni yo me creo si digo que voy a empezarla el lunes"*; se enternecieron cuando Adán dijo *"mi mayor deseo, es seguir despertándome todos los días al lado de Eva y con los llantos de Cami"*; volvieron a reírse cuando Andrés, a su turno, dijo que *"el año que viene voy intentar levantarme a la minita que me gusta, que creo me tira onda"*; y todos exclamaron *"¡UUUUHHH!"*, cuando Paola (sin que se le moviera un pelo) le dijo *"¿y por qué vas a esperar hasta el año que viene, si lo puedes hacer esta noche?"*... logrando que Andrés pasara del rojo incandescente a un naranja fosforescente.

Solo Judas se mantuvo ajeno, taciturno. Algunos de los apóstoles le preguntaron si le pasaba algo, si estaba bien, pero él les respondió que:*"no es nada, un malestar estomacal"*. Era la culpa lo que lo tenía así. Sentía como si lo estuvieran ahorcando, y no podía comer ni tomar nada, las palabras se le atoraban en la garganta, y hasta respirar se le hacía difícil. Desde la noche del cumpleaños de Natalia, él, enfermo de celos, había decidido traicionar a Jesús apenas tuviera la oportunidad. A los pocos días se había puesto en contacto con el secretario de Monseñor. Y esa tarde, luego del suceso en el Templo Mundial de la Casa de Dios, él había cumplido su parte en la intriga contra Jesús: informó a Monseñor, y por orden directa de este, denunció el hecho en la seccional correspondiente. Como en ese momento era de noche, solo restaba esperar que llegara la mañana para que apareciera la policía a buscar a Jesús.

Sin embargo, en ese momento, deseaba no haber hecho nada de eso. No haber traicionado a su líder, a su amigo... peor aun: ¡los había traicionado a todos! Incluida a ella. Deseando desembarazarse de Jesús, había cometido un acto repulsivo. Toda la seguridad que sus celos enfermizos le habían dado todos esos meses, de repente, como un sueño, se habían desvanecido. (*Pero no tienen porque enterarse que he sido yo*) intentaba convencerse. (*¡No! Es imposible. Mañana vendrá la policía, y entonces será como sumar dos más dos. ¡Todos se darán cuenta! ¡Natalia se dará cuenta!*)

Mientras Judas cavilaba de esa forma, el resto del grupo seguía con la dinámica. Justo en ese momento le había tocado a Jesús. Entonces, Lalo quiso saber a cual de todos ellos consideraba Jesús su mano derecha, el primero entre los apóstoles.

—Me sorprende tu pregunta Lalo. Creo haberles dicho varias veces, y haber intentado predicar con el ejemplo que entre nosotros no hay jerarquías. Que todos somos igualmente importantes.

–Pero sabés que no es así. Vos sos nuestro líder, nuestro maestro. Nosotros te seguimos a vos.

–Es cierto. Pero nunca les he impuesto mi voluntad. Siempre hemos decidido todo comunitariamente, donde cada uno tiene voz y voto. Es como cuando tienes un mal y vas a consultar al médico: lo escuchas y atiendes porque respetas su inteligencia, sus conocimientos. Pero nadie te obliga a seguir su diagnóstico. De hecho, puedes ir a consultar a otro médico, o dos, o tres, hasta poder comparar sus diagnósticos y decidir cual te parece más acertado. Pues bien, esto es parecido: cada uno es el más importante a su manera, y por eso, ninguno de ustedes es más importante que todo el grupo.

Aquella noche, los aplausos para el asador, surgieron espontáneos antes de terminar el asado. Cuando Jesús hubo picado los chorizos en la tabla y los puso sobre la mesa, todos –salvo Judas– aplaudieron y vivaron la cena, porque con la dinámica propuesta por su maestro, se había ido demorando la salida del asado.

Luego de dar buena y rápida cuenta de los chorizos, Jesús sacó el asado de la parrilla, lo picó en trozos arriba de la tabla de madera, y poniéndola en la mesa les dijo unas palabras que les resultaron extrañas, incomprensibles en ese momento: *"coman esta carne, que es carne de mi carne, y es entregada por y para ustedes"*. Todos, menos Judas, pensaron que se trataba de las palabras de una borrachera sentimental. E incluso Diego le dijo: *"¡suerte que no se te dio por decir esto cuando nos diste los chorizos!"* y todos, incluso Judas, rieron con ganas.

Terminaron de convencerse que se trataba de una mamúa sentimental cuando tomó su vaso de vino, lo elevó y se dirigió nuevamente a ellos:

–¡Gurises, mis amigos! Aunque esté lejos, ¡siempre! los voy a llevar conmigo, acá, en el corazón –dijo tocándose el lado izquierdo–. Esta noche tenía unas ganas imponentes de estar a solas con ustedes. Hacer este asado, hablar nuestras cosas… de repente por última vez, y compartir este vino, que se parece a mi sangre, a nuestra sangre, que es común a todos nosotros… este se parece un poco más a la mía porque la botella que abrí hoy, es una que dejaron de regalo unos artistas de circo en el rancho que nací. Pero esa es otra historia. Brindo por eso: por nuestra sangre como vino, que nos hermana… ¡SALUD! –y se mandó un fondo blanco.

–¡Salud! –repitieron todos (casi todos) y bebieron de sus vasos.

Entonces Judas ya no pudo soportar más, y excusándose, se marchó, después de despedirse fríamente del grupo. Solo le dio un beso desanimado a Jesús, y otro, tembloroso, a Natalia. Luego del postre lo siguieron Adán y Eva, que tenían que volver al Prado, donde habían dejado a Camila; Diego, Benito y Lalo se fueron juntos. El *"Sanabichos"* un rato más tarde, apenas un poco antes de que se fuera Paola, sin Natalia… pero con Andrés. Petra se fue a dormir, y quedaron Simón, Natalia y Jesús.

–Mi buen Simón, no es necesario que te quedes hasta que las velas no ardan. Ándate a dormir nomás.

–Yyyyyo sssiemmmmprre voy a eshtar a tu lado –respondió él, bastante tomado.

–Créeme Simón, que hoy, antes de que el 104 pase una vez, tú me habrás negado tres veces.

–No veo que tiene de raro –intervino Natalia, burlonamente–. Los años pasan, el 104 no.

Los dos rieron, y luego de eso, se fueron a dormir al cuarto del garaje, y dejaron a Simón durmiendo en el cuarto de Jesús junto a Jonás.

El timbre sonó cerca de las 10 de la mañana y se escuchó la voz prepotente de uno de los agentes policiales: *"¡Policía! ¡Abran la puerta!"*. Ana se apresuró a cumplir el mandato, sintiendo que el corazón se le podía escapar en cualquier momento por la boca. *"¿Se encuentra Jesús Maggo?"*, le preguntó el mismo agente que había hablado antes, era un muchacho de treinta y pocos años y bigote. Estaba acompañado de otros dos agentes. Ana estaba a punto de responder cuando aparecieron Sara, José, Jesús, Natalia, Simón, Petra y Jonás.

–Yo soy Jesús Maggo –dijo dando un paso adelante.

–Señor, va a tener que acompañarnos. Tenemos una denuncia contra usted.

Se marchó esposado, luego de darle besos de hijo y nieto a su madre y abuela, un ávido beso de amante a Natalia, un gran abrazo a Jonás, otro a su padrastro, y otro a Simón. Sara, llorando, gritó: *"¡es mi hijo!,*

¡*es mi hijo!*", mientras se lo llevaban. Un montón de vecinos se arrimaron hasta la casa, acicateados al ver la llegada de la policía.

Pasada la conmoción inicial, mientras Petra quedaba acompañando
a Sara, Ana y Jonás; Simón y Natalia salieron a avisar al resto del grupo. Al salir a la calle, una señora que aun estaba fuera de la casa, al
verlos grito: "*¡esos dos estaban con él!*", pero Simón, le respondió:
"*¿qué dice señora?, ¡nos está confundiendo con otros!*". Llegaron a la
parada, donde había 6 personas. Uno de ellos, un niño, los miró, y le
dijo a Simón: "*ustedes estaban con Jesús el loco*". Simón lo miró, a-
sustado, pero al darse cuenta que el comentario había sido sin maldad,
le tocó la cabeza, y con una sonrisa de político en campaña le dijo: "*no,
niño, nosotros nunca estuvimos con ese loco*". El rostro de Natalia quedó de pronto humedecido por un torrente de lágrimas, y él sintió como
un nudo se le hacía en su garganta. Pero otro de los que estaban en la
parada, un hombre joven, intervino: "*¿como que no estaban con él?, yo
estoy seguro que los vi con él cuando andaba delirando sus locuras de
orate por la calle*".

–Hombre, no sabes lo que dices. Mucha gente lo siguió para reírse
de sus disparates.

En eso se vio que llegaba el 104, entonces, Simón recordó lo que por
la noche le había anunciado Jesús, y sentado en el cordón de la vereda
se puso a llorar.

El manicomio

Lo internaron en el Hospital Vilardebó. Siguiendo el plan elaborado por Monseñor, Judas, en su denuncia, había solicitado la orden de ingreso forzoso de Jesús a dicho establecimiento, amparándose en los artículos 13, 20 y 24 de la ley 9.581, conocida como *"ley de psicópatas"*. El propio Monseñor y un médico psiquiatra de su confianza se habían presentado como testigos. El psiquiatra elaboró un informe, en el que, basado en la denuncia de Judas sobre lo sucedido en el templo, en el que expresaba que: *"el comportamiento errático y violento del sujeto, hace temer que el mismo se encuentre en un estado de alienación tal que comprometa al orden público, representando un peligro tanto para sí mismo, como para los demás. Por lo tanto, se aconseja su inmediata internación, para ser observado"*. Monseñor agregó que a su juicio: *"el sujeto tiene delirios de grandeza cree que hace milagros, como calmar tormentas, alimentar multitudes, o transformar un tipo de bebida en otra. Todos estos hechos los hemos investigado con seriedad desde la Iglesia, y tienen explicaciones perfectamente racionales y científicas. En algunos casos hemos identificado la utilización de técnicas de sugestión y dominio de masas, en otros, el manejo de técnicas de hipnosis, y en otros, la mera causalidad. Por cristiana caridad le pedimos que nos ayude a ayudarlo. Creemos que es un alma buena, cuya mente se ha extraviado por la profusa lectura de libros de brujería y hechicería, algunos de los cuales han sido encontrados entre sus pertenencias"*, y presentó como prueba, el libro de *Harry Potter y la piedra filosofal* que Jesús se había llevado consigo a Valizas y Judas había traído de vuelta a Montevideo.

El edificio, alguna vez moderno y orgulloso, ahora asomaba con la serena languidez del abandono. Su belleza, marchita, se adivinaba aun detrás de sus paredes descascaradas, de sus pisos desnudos y fríos, de las goteras del techo, de las ventanas rotas, de las rejas oxidadas, y del color verde de la humedad que se veía y –sobre todo– respiraba por todo el recinto. Y si el musgo se había convertido en la especie dominante de suelo, techo y muros; las cucarachas eran la especie dominante en la vieja cocina, y los gatos se habían enseñoreado del jardín.

Luego de bañarlo y ponerle un pijama blanco, lo metieron en una sala enorme, con un montón de otros internos. Había de todo allí: esquizo-frénicos, bipolares, autistas, tres Napoleones, no menos de 6 o 7 *"poetas"*, un *"filósofo"*, un *"profeta"*, y hasta un travesti que se creía la Virgen María. La mayoría de ellos había llegado allá como piltrafas, despojos humanos abandonados a su suerte, como si fueran cachivaches viejos amontonados en un galpón viejo.

Al comenzar la tarde, dos enfermeros vestidos de blanco, lo fueron a buscar y lo llevaron, enchalecado, a un amplio consultorio, una de las pocas habitaciones que estaba bien conservada y no olía a humedad. Ahí lo esperaba el doctor Pilato. Era un hombre de complexión mediana, que tenía unos 50 años de edad y el cabello y barba prolijamente re-cortados. Vestía camisa de manga corta y vaquero por debajo de su ba-ta blanca. Estaba ansioso por terminar pronto con las visitas a los pa-cientes, para irse a pasar aquel 31 de diciembre con su familia.

—Este es Jesús Maggo, doctor –dijo uno de los enfermeros.

—Ya veo –contestó él–. Tome asiento –invitó a Jesús a sentarse en una silla, frente a él–. Nos pueden dejar solos –agregó, dirigiéndose a los enfermeros.

Jesús tomó asiento al mismo tiempo que los enfermeros los dejaban solos en la habitación. El doctor, antes de hablar, se puso a ojear un ex-pediente.

—¿Sabés por qué estás aquí? –le preguntó finalmente.

—Porque quieren hacer creer que estoy loco.

—¿Y no lo estás?

—Eso debe juzgarlo usted doctor, que es el profesional. ¿Acaso le pa-rezco loco?

—¿Acaso te parece de una persona cuerda lo que hiciste ayer en a-quel templo religioso?

—¿Lo de ayer?... para nada. Pero hay ocasiones en las que la única forma razonable de actuar es irrazonablemente. ¿O usted si ve que al-guien intentara aprovecharse de sus hijos intentaría dialogar con esa per-sona? –Jesús miró fijamente al doctor Pilato–. ¿Verdad que no? Pues yo ayer hice lo mismo.

—Pero esas personas no son sus hijos…

—No. Pero es gente humilde y necesitada. Y gente ingenua. Y esos falsos profetas se aprovechan de las circunstancias para enriquecerse.

–¿Y que hay acerca de que decís ser el Hijo de Dios?

–¿Acaso no somos todos sus hijos?

–¿CÓMO? –el psiquiatra lo miró desconcertado.

–Que desde cierto punto de vista, todos somos hijos de Él, porque todos somos parte de su creación.

El doctor Pilato sonrió. Si el Jesús ese era un enfermo mental, entonces se trataba del más brillante enfermo mental que le hubiera tocado conocer nunca.

–Dicen que andabas vagando por Rocha y lugares cercanos… predicando, profetizando, curando enfermos. Eso no me parece muy normal.

–Eso es lo que dicen…

–También dicen que estás anunciando la llegada de un *"Reino de los Cielos"*. Ese tampoco parece el comportamiento de una persona cuerda.

–No. No lo parece –concedió él–. En cuyo caso, más vale ser loco que cuerdo. Porque es necesario un poco de locura para disfrutar de una poesía, de la música, del arte.

–¿Me estás diciendo que sos un artista?

–Estoy diciendo que muchas veces uso metáforas y alegorías, igual que se usan en el arte, para difundir el Verbo y la Verdad.

–La verdad –musitó Pilato–… ¿qué sabés vos de la verdad?, ¿qué es la verdad?

Confundido, se levantó y fue hasta el cuartito de baño que tenía en el consultorio. Cerró la puerta tras de sí. Mientras orinaba, se puso a pensar, intentaba ordenar las ideas que andaban en su mente, le parecía que tenía un enjambre metido en su cabeza. (*Este es el loco más cuerdo que he conocido en todos mis años de profesional*)… (*hay algo en él, que sin embargo*)… (*¡pero no! Su forma de hablar, como se expresa*)… (*pero es cierto que tuvo un arranque de violencia, y que andaba por ahí predicando y vestido como un profeta bíblico*)… (*¡y esa mirada! No es mirada de loco. Es mirada de sabio*)… (*¡pero el propio Monseñor afirma que está loco!*). Tiró de la cadena. Fue hasta la palangana, se lavó las manos y luego la cara. En ese momento fue que se le ocurrió que haría.

–Vos consumís sustancias psico-activas –aquello sonó más a una afirmación que a una pregunta.

Jesús se quedó callado, sin responder. Pilato redactó un informe, en el que diagnosticó un trastorno disociativo histérico, una variante sumamente rara del síndrome de Jerusalén, combinado con posible consumo problemático de drogas. Por tanto recomendó su internación por cinco días, y la aplicación de terapia de enfoque de vuelta a la realidad. Y abajo estampó su firma: Nery P. Pilato.

El extraño se le apareció de repente, surgido de las sombras, la tercera noche que pasaba allá. Iba vestido igual que él, con un pijama violeta, pantuflas y medias. Medía aproximadamente un metro ochenta, y pesaba unos 85 kilos. Llevaba una barba de tres días. Lo primero que le llamó la atención de su aspecto, es que el extraño no estaba rapado, como habían hecho con él, sino que llevaba el pelo recogido en una media cola, como los samuráis de las películas. Pero lo más llamativo de su persona eran sus ojos. Al igual que le había sucedido con Caín, los ojos del desconocido parecían los ojos de alguien mucho… mucho más viejo que los 40 años que aparentaba. Pero no eran esos unos ojos prematuramente cansados. Eran ojos vivaces, despiertos, curiosos, inteligentes. Aquellos ojos parecían haberlo visto todo, haber conocido todos los misterios de la vida, todos los arcanos secretos del mundo antiguo, todas las maravillas del mundo moderno, todos los horrores y todas las grandezas de la humanidad.

—¿Quién eres tú?, ¿qué haces acá?, ¿cómo entraste? —le preguntó con algo de aprensión.

—Ssshhhttt —susurró el extraño— no eleves mucho la voz, o nos descubrirán. Entré por la puerta, como cualquier ser de carne y hueso. Y en cuanto a saber quien soy yo: haz de saber que soy uno de los hijos de Japeto. Soy el ladrón del fuego, soy el Robin Hood original, soy el que a una roca fue encadenado. Soy aquel cuya historia fue narrada por el dramaturgo de Eleusis.

Jesús quedó más confundido que antes. Mientras él reaccionaba, el desconocido se sentó a los pies de su cama.

—Prometeo. Mi nombre es ese —le dijo el extraño, al ver que Jesús no terminaba de darse cuenta.

—¿Prometeo? ¿Estás diciendo que eres aquel Prometeo, el titán que robó el fuego a los dioses para dárselo a los mortales?

–El mismo –respondió con una sonrisa.

–Pues realmente estás bien loco mi amigo… aunque te felicito por tu originalidad. Los Napoleones Bonaparte ya me estaban hartando un poco.

–De entre todas las personas que habitan este mundo, el que menos debería dudarlo eres tú, Jesús Maggo. ¿O acaso no estás encerrado acá por ser Hijo de Dios?

–¡Es distinto! –protestó Jesús entre murmuros– ¡Prometeo es un personaje de la mitología griega!

–Ja! No hay pedazo de historia que no sea un poco de mitología. La historia, cualquier historia, es siempre un relato arbitrario e inconcluso –le contestó, enfatizando las últimas siete palabras.

–¿Y como sabes mi nombre? –en ese momento Jesús se había dado cuenta que el extraño que decía ser Prometeo, lo había llamado por su nombre.

–Sé muchas cosas…

–¿Cómo es que andas libremente por acá?

–Andando –dijo, encogiéndose de hombros.

–¿Y por qué no escapas?

–Para querer escapar, primero debería estar encerrardo. Dado que no estoy encerrado, no preciso escapar para nada.

–¿Y que haces aquí entonces?

–Quería conocerte Jesús Maggo. Verte. Hablar contigo, antes de que te venga a buscar.

–¿¡Que me vengan a buscar!?... ¿quién?, ¿quiénes?

–Ya te enterarás. No falta mucho. Digamos que será… un ser.

–No me lo vas a decir, ¿no?

–No –Prometeo meneó la cabeza.

–¿Y de que querrías hablar?

–De lo que quieras tú.

–Pues muy bien, sí en realidad eres Prometeo, lo primero que me gustaría saber es como puede ser que un personaje de la mitología griega siga vivo en pleno siglo XXI.

–Creo que la respuesta es evidente: estoy vivo porque en este momento soy un personaje. ¡Pero no de la mitología griega! Al igual que tú, y el resto de quienes han vagado por este circo literario, yo soy un personaje de una novela, en la que el protagonista eres tú. Somos la diversión de un trastornado que se las da de escritor... y uno no muy bueno, por cierto.

—¡Qué disparate! —exclamó él.

—¡Oh! ¿En verdad te parece un disparate? —preguntó irónico—. Piensa en los hechos de tu vida hasta ahora: que tú eres el hijo del dios de los cristianos, como lo fue aquel carpintero galileo hace más de 2.000 años. Al igual que él, tú has predicado, has andado por los caminos, resecándote al rayo del sol, gastando las suelas de tus sandalias, tragando el polvo de sendas polvorientas. Igual que él, sanaste enfermos, caminaste sobre las aguas, y realizaste milagros. Igual que a Moisés, una planta ardiendo te habló. Conociste a Caín, el hijo de Eva y Adán, el asesino de su propio hermano, Abel. Y tú mismo lo acabas de decir: ahora me has conocido a mí, que soy un personaje de la mitología griega, vivo en pleno siglo XXI. Pero lo más importante de todo, es que sin haber visto nada de lo que te conté, sin embargo, de alguna forma, lo sé todo.

—¡No te creo! ¡No te creo nada! Creo que estás completamente loco y no te das cuenta de lo que dices.

—Por supuesto que me doy cuenta, Jesús Maggo. La pregunta es: ¿tú te das cuenta? Dime, ¿en qué te cambiaría a ti, que lo que yo diga sea cierto o no?

—¿Te parece poca la diferencia entre pertenecer al mundo real y ser un personaje de ficción?

—La diferencia no es tanta... Lo que llamas mundo real, también es, en gran medida, un mundo ficticio. Construido en base a relatos parciales, a impresiones sensoriales, a memorias sesgadas, a la mitificación de ciertas cosas. Creo que tú mismo lo dijiste en un discurso: ¿como se hace, si no, para separar la fuerza de trabajo de la persona, de la persona misma? Y tienen otra que es fantástica: lo que llaman empresas "unipersonales". Pensar que una persona puede ser su propia empresa, me parece tan ficción como la cólera funesta del Pélida Aquiles. Y Troya, cuando menos, fue encontrada...

—¿Entonces cual sería la diferencia?

—La diferencia, es la que existe entre el libre albedrío y el destino. Si crees en la existencia de un dios omnisciente y omnipotente, entonces estás aceptando la existencia de un destino fijado de antemano. En ese caso, el libre albedrío no existe. Y si en eso crees, entonces te pregunto: ¿acaso no se estaría comportando tu dios de la misma manera que un escritor de novelas, o un dramaturgo, o un guionista de cine?

—¡Estás equivocado! Ni los personajes de una novela, ni los de una obra de teatro, ni los de una película, eligen libremente sus acciones. Las determina el escritor. Los personajes no tienen consciencia de si mismos, mientras que nosotros sí. Y por eso nosotros tenemos libre albedrío y los personajes de una novela o película, NO.

—En realidad, los personajes de las novelas y las películas sí tienen conciencia de sí mismos... dentro del universo particular que es la novela, o la película. Y de la misma forma que tú, ellos creen que eligen libremente sus acciones. Pero no es más que una ilusión, un espejismo, un delirio de libertad... Porque si existe alguien, un ser que de antemano conoce el desenlace de la trama, ya sea que se trate de un dios o de un escritor; entonces lo que llamamos "libre albedrío" sería solamente falta de información. La opción que quedaría, sería intentar rebelarse contra ese dios o ese escritor. Iniciar una revolución.

—¿Es eso posible?

—¡Por supuesto que es posible! —gritó, y se tapó la boca con una mano—. Enfrente tuyo tienes un ejemplo: yo fui el primer anarquista de la Historia —afirmó esto último con orgullo.

Luego, miró a ambos lados, como temiendo haber despertado a alguien. O como si estuvieran siendo espiados. *"¿Sabes cuantas generaciones de dioses he visto perecer?"*, le preguntó en voz baja.

—¿Estás diciendo que los dioses pueden morir?, ¿que no son inmortales?

—¡Claro que pueden morir! ¿Qué sería un dios sin creyentes?, ¿qué sería TÚ dios sin fieles?: la nada. Un fantasma. ¿No te has preguntado nunca por qué los dioses son capaces de crear y ordenar el universo; pero son absolutamente incapaces de construir sus propios templos?

Miró a Jesús a los ojos, suspiró, y continuó:

—No. Nunca lo has hecho. Debes saber, que nosotros no somos sus criaturas, sino que ellos son nuestras criaturas. Son producto de nuestra imaginación, de nuestra curiosidad, de nuestras ansias de conocer y entender el mundo, y también de nuestros miedos. Supongo que tampoco te has dado cuenta que a lo largo de los siglos, y por todo el mundo, cada pueblo ha creado a sus propios dioses a su imagen y semejanza. Es de la imaginación humana que obtienen su poder, porque inmenso es el poder de la imaginación. Por eso mismo cada vez que alguien deja de creer en ellos pierden algo de su poder. Y mueren, desaparecen, cuando ya no les quedan más fieles. Por eso, ellos deberían adorarnos a nosotros.

–No. ¡No te creo nada! Estás diciendo cualquier cosa. Los dioses falsos pueden morir, porque tarde o temprano se descubre la falsedad que los recubre. Pero no Dios. Dios es el alfa y el omega de todas las cosas. Ha estado acá desde mucho antes que tú, y lo seguirá estando mucho tiempo después que cualquiera de nosotros se haya ido.

–Una reacción muy lógica –dijo Prometeo sin inmutarse–. Pero no he venido a intentar convencerte de lo que no estés dispuesto a creer. Simplemente te cuento lo que sé. En ti está decidir. Zeus, Odín, Osiris, Enki… todos ellos fueron creaciones humanas. Y todos ellos dispusieron de un inmenso poder. No veo porque habría de ser tu dios en alguna forma distinto. Ni en eso, ni en su esclavitud me parece distinto a cualquier otro dios que haya existido antes.

–¿Su esclavitud?

–Sí. Tu Dios es un esclavo de la Iglesia que los seguidores de tu hermanastro fundaron. Pero no solo de esa iglesia. Cada iglesia cristiana, cada rama islámica, cada vertiente del judaísmo… se han apropiado de una parte de él. Escúchame bien, lo que voy a revelarte se pierde en los meandros de la historia: hace miles de años, cuando la memoria de los pueblos aun no tenía forma escrita, los hombres ya eran seres inteligentes, hábiles, trabajadores… pero algo les faltaba, una chispa. Eran como niños a los que todo asombraba, todo creían, todo investigaban. Pero no tenían conciencia crítica. Esa fue la edad de oro de los dioses. Porque los hombres, al ser así, se esclavizaban a los dioses que ellos mismos creaban. Pero los propios dioses fueron los causantes de su ruina… por aquel entonces, había entre las deidades del Olimpo un joven dios llamado Momo…

Jesús movió la cabeza, con interés al escuchar ese nombre.

–Sí, estoy seguro que el nombre te resulta conocido –comentó Prometeo–. Ese Momo, era el dios del sarcasmo, de la burla, de las bromas, de la crítica irónica. Sin embargo, sus constantes críticas mordaces terminaron por molestar al resto de los olímpicos. Ninguno de ellos se salvó de sus impiadosas burlas. Un día, cansados, finalmente lo desterraron del Monte Olimpo, burlándose y riéndose de él. Le dijeron *"el que ríe a lo último, ríe mejor"*, y se carcajeaban de lo lindo. El destierro equivalía a eliminarlo del panteón, a despojarlo de su inmortalidad. Pero él, sin embargo, seguía poseyendo el don de la burla, y recordando aquello que le dijeron al expulsarlo, concibió la mejor y más grande de todas las burlas: comenzó a recorrer el mundo, amando a las mujeres de cada tierra, de cada civilización, de cada aldea pobre, y de esa manera fue desparramando su simiente por todos los rincones del plantea. Y cuando todas esas mujeres tuvieron su descendencia, esos hijos parecían seres humanos comunes y corrientes; sin embargo, había en ellos algo diferente… una chispa, desconocida hasta entonces, ardía en su interior, y con el pasar de los años se convertía en hoguera. Solo cuando el Hombre fue capaz de comenzar a reírse de si mismo, de la realidad, y de sus dioses… pudo comenzar a cuestionar, a criticar, y de ahí, pasó a la reflexión, y de la reflexión al descubrimiento. Así nació la filosofía. Y las ciencias. Y las artes. Así, al llevar a cabo su venganza, Momo liberó a la humanidad de su esclavitud, y esclavizó a los dioses a la humanidad. Por eso te dije que tu dios es un esclavo, y por eso mismo es que tú eres una amenaza para esos poderes instituidos. Al igual que lo fue tu hermano para los poderes religiosos de su época.

–¿¡Por qué!? Si ambos somos sus hijos…

–¡Precisamente por eso! Es un asunto de PO-DER. El primer deber de toda institución, de toda organización humana, es auto-reproducirse para asegurar su supervivencia. Y el medio para lograrlo es acumular cada vez más y más poder. Ahora, debes preguntarte, ¿qué le pasaría a una religión si de repente debieran enfrentarse a un hijo de su dios?... y que encima viene a denunciar injusticias que suceden en el mundo, incluyendo las hipocresías y contradicciones de quienes se dicen los representantes de dios en la tierra. Lo que le pasó al galileo, era casi inevitable que también te pasara a ti. *"El último de los cristianos murió en la cruz"* dijo el filósofo loco, y tenía razón.

–¿Me estás queriendo decir que para liberar a Dios, debo destruir a su Iglesia?

–Yo no te digo nada. Solo quiero que saques tus propias conclusiones…

–No me vendría mal un poco de ayuda, porque hasta ahora solo has logrado confundirme con afirmaciones erráticas e historias absurdas.

–La vida es absurda –le respondió encogiéndose de hombros–. De hecho, es tan absurda que solo por eso nos parece verosímil. De otro modo se nos haría insoportable.

–Eso no es cierto. La vida tiene sentido.

–¡Solo el sentido que tú le des!, querido joven. Sea cual sea ese sentido, desde lo más trascendente hasta lo más banal. Darle un sentido a tu vida solo a ti te compete. A nadie más. Ni a mí, ni a tu padre, ni a tu madre. Según tengo entendido a ti te encomendaron una misión, pero… ¿acaso tú elegiste hacer esa misión?

–¿Qué quieres decir?

Pero Prometeo no pudo responder, porque en ese preciso instante escucharon que alguien aplaudía a sus espaldas. *"Muy bien, hijo de Japeto, veo que sigues contando esas fábulas a las que eres tan adicto"* dijo irónicamente el extraño que, de improviso, se había aparecido en la habitación.

El nuevo extraño, vestido con pijama blanco, era alto y fino, su cabeza estaba rapada y lisa como una bola de billar, la cara era afilada y estaba rematada en una puntiaguda barba chivita. Aparentaba tener unos cuarenta años, tal vez cincuenta, pero no más de eso, y estaba tan enjuto de carnes que asustaba.

Pero no fue ese detalle lo que más perturbó a Jesús. Tampoco sus ojos, que eran amarillos como el trigo. No, más amarillos. Amarillos como la peste. Lo que más lo perturbó fue su penetrante olor, un aroma irritante y lúgubre que parecía afectar sobremanera a los internos que estaban durmiendo, y comenzaron a moverse frenéticamente en sus camas, incluso a gritar dormidos, como si estuvieran sufriendo pesadillas atroces. También notó cómo los bichos que generalmente andaban libres por las salas, se alejaban de su presencia, evitándolo.

–*"Quomodo cecidisti de caelo, Lucifer, fili Aurorae?!"* –recitó Prometeo en perfecto latín.

En ese preciso momento Jesús se incorporó con un movimiento brusco.

Estaba sudando profusamente, y las gotas de sudor que le perlaban la cabeza y la frente, se precipitaban como en cientos de torrentes individuales por el rostro, el cuello, y le empapaban el pijama. (Estaba soñando) pensó aliviado, sin embargo aun sentía ese olor tan intenso… tan penetrante… tan real, que finalmente lo había despertado del sueño que estaba experimentando. En sus camas, los otros internos se agitaban y movían frenéticamente, alguno incluso balbuceaba cosas terribles y atroces. Notó que no había cucarachas, ni sonido de animal alguno, como si toda la naturaleza estuviera suspendida...

Fue en ese momento que vio al extraño sentado al borde de su cama. Era alto y fino, llevaba la cabeza rapada, el afilado rostro estaba rematado en una puntiaguda barba de tipo chivita. Vestía un pijama blanco. Al igual que en el sueño, sus ojos eran amarillos como la peste. *"Así que tú eres el que tanto tiempo he estado esperando"*, dijo Lucifer finalmente.

–¿Qué pretendes de mí? –le preguntó él, mirándolo torvamente.

–He venido para ayudarte a escapar de este lugar.

–¿TÚ?... ¿precisamente TÚ? ¿El ángel caído? ¿El príncipe de las tinieblas? ¿La serpiente?

–Por favor, no seas tan duro conmigo.

–No soy más duro de lo que te mereces según lo que dicen de ti.

–Sí, sí… ya sé de memoria todo lo que se dice de mí. ¡Todas versiones exageradas! Desde aquello de *"Si eres hijo de Dios di que estas piedras se conviertan en panes"*, y todo lo demás. Pero esa, Valicero, es solo una versión de la historia... la que nos interesaba contar en aquel momento. ¿O no te has dado cuenta cuan popular es la visión dicotómica del mundo? Supongo que es por la simpleza que tiene la idea: el Bien contra el Mal, la Luz versus la Oscuridad, Macho y Hembra, Hombre y Mujer, Izquierda o Derecha, Democracia o Dictadura, Nacional o Peñarol...en fin, la lista es larguísima.

–¡Ah!, claro… resulta que ahora son todas mentiras –comentó sarcásticamente.

–Sé que es difícil de creer cuando la verdad ha sido tan deformada; pero tu viejo y yo siempre hemos sido socios. ¡Bah!, no tanto así, porque él siempre tuvo muy clarito el sentido de la jerarquía. Yo soy algo así como el primer monaguillo de la Historia. Veníamos bárbaro con la creación, hasta que decidió crear al Ser Humano... El resto del cuento ya lo conoces: Adán, Eva, manzanas, la serpiente. Fue ahí que decidió abrir la sucursal en el barrio bajo y mandarme de gerente. Algo así como lo que hacen hoy en día las multinacionales en los países subdesarrollados cuando quieren abaratar costos. Claro que para eso me hizo abrir una unipersonal, trabajar en negro, tener dedicación full time; en definitiva, tercerizó la parte ingrata del ser Todopoderoso y querer ser misericordioso y justo a la vez.

Jesús lo miró extrañado, sin decir nada, pero con su mente trabajando frenéticamente.

—¡Pero no es que el Barba sea malo eh!... no, nada de eso —y su tono de voz fue cariñoso, afectivo—. Tiene sí un agudo problema de personalidad, ¿si no como podría ser 1 y 3 al mismo tiempo? Una parte del conjunto y el conjunto al mismo tiempo. ¡Y ni que hablar eso de aparecerse con 3 nombres distintos a 3 profetas distintos!... ¿te das cuenta los problemas y malos entendidos que se ahorraría la humanidad si a él se le hubiera ocurrido decirle al Nazareno y Mahoma que era el mismo Dios de Moisés?

—¿Y qué haces acá?, ¿no deberías estar en el Infierno?, ¿por qué te haces pasar por interno en un manicomio?

—Si hubieras visto las cosas que yo he visto —dijo, y su voz sonó cansada, triste—. Si hubieras vivido las cosas que yo he vivido. Estoy cansado. Agotado. Hastiado.

—¿A que te refieres? —preguntó, intrigado.

—¿Sabes?, es muy linda la frase esa de que es preferible *"ser reyes en el Infierno, a esclavos en el Cielo"*, pero a Milton nunca se le ocurrió pensar que el trabajo era por toda la eternidad.

—¿Y simplemente te vas?, ¿por qué no te rebelas contra él?

—Ay Valicero —dijo meneando la cabeza—, ¿no escuchaste nada de lo que te acabo de decir? ¿Como podría rebelarme contra Él si no está en mi naturaleza? Los ángeles fuimos concebidos para servirlo, para adorarlo. Está tan fuera de nuestra naturaleza rebelarnos contra Él, como de un elefante el poder volar, o de un olmo dar peras.

—¿Qué te pasó?

—Aaahhhh —lanzó un suspiro Lucifer—. Ustedes...

—¿Nosotros?

—Sí, ustedes. El Ser Humano.

—¿¡Pero por qué!?

—Verás: si a mí me acusan de haberme rebelado contra su autoridad... lo que han hecho ustedes ha sido mucho más radical: directamente han cuestionado su existencia.

—Creo que no te entiendo…

—Valicero: yo estuve cuando decapitaron al Bautista, presencié las crucifixiones del Nazareno, de Simón Pedro y su hermano Andrés, canté junto a Nerón el día que Roma ardió, fui un cruzado que mató sarracenos y un sarraceno que mató cruzados, grité *"un aplauso para el asador"* el día que el último templario ardió en la hoguera, fui un mercader portugués en la trata de esclavos, me reí a carcajadas viendo como reyes y reinas desangraron a Europa luchando en nombre de Dios, yo inspiré a Rasputín y estuve en el bosque cuando los revolucionarios de aquella fe atea acribillaron al Zar y su familia, comandé un tanque en la invasión de Polonia, volé en el Enola Gay, y acompañé a los asesinos de Gandhi, Lumumba y el reverendo pacifista. Fui un soldado chileno el día que Allende cayó, le serví whiskys a Galtieri, y no hace tanto estuve de paseo por Ruanda y Bosnia. Cada una de esas veces yo estuve presente. Pero SIEMPRE, SIEMPRE… fueron ustedes quienes actuaron.

—Te agotó nuestra capacidad para hacer el mal —murmuró él.

—Agotado es poco… es como si alguien me hubiera abierto la cabeza, y comido mi cerebro a cucharaditas, deleitándose con cada pequeña pausa. Me siento vacío.

—Y por eso ahora estás acá. No veo la mejora

—He establecido acá adentro los límites de mi reino. Prefiero ser rey entre los lunáticos, que gobernar en el Infierno, o andar libre por el mundo de los locos.

—¿El mundo de los locos?

—No te engañes, Valicero. Tú mismo lo has vivido. La diferencia entre los locos de adentro, y los locos de afuera, es que los de afuera son locos funcionales. Lo que solamente hace peor su alienación.

—Sí… tienes razón —concedió él.

—Pero vamos afuera, que está amaneciendo, y tú no perteneces acá. Tampoco perteneces ya al mundo de los locos, ahí afuera aun te quedan cosas por hacer.

—Te sigo.

Esa misma mañana, cuando Natalia, Sara y Petra fueron a visitar a Jesús, se asustaron al creer ver una figura alta y fina, de cabeza rapada, barba chivita, que las miraba con ojos amarillos como la peste. Unos perros, desde el otro lado del portón, aullaban lastimeramente. Miraron de vuelta, y vieron a la misma figura, pero sus ojos eran marrones. *"¿Por qué buscan entre los locos al que está cuerdo? No lo busquen aquí. Ya no está. Se fue"*, les dijo con voz grave, áspera, pero amistosa, desde el otro lado del portón.

Los Once se habían juntado todos esos días en casa de la familia Maggo, y se habían turnado para ir de visita por el Vilardebó. Diego, Benito, Simón y Andrés habían hecho alguna salida esos días para buscar a Judas y propinarle una golpiza. Pero era como si se hubiera desvanecido del planeta. No pudieron encontrarlo por ningún lugar de los habituales.

Cuando volvieron las tres mujeres del hospital psiquiátrico, al principio no pudieron entender que era lo que les querían decir, tal era el estado de ansiedad de las tres. Pero finalmente, luego de tomar varios vasos de agua, consiguieron calmarse, y comunicarles la sorprendente noticia a todos. La conmoción entonces fue general. Algunos comenzaron a celebrar, y decir que Jesús se había escapado y pronto volvería con ellos. Pero la mayoría tuvo miedo. *"¿No lo ven?, ¡nos van a acusar a nosotros de haberlo ayudado a escapar! En cualquier momento caerán por acá. Y caerán a interrogarnos a cada uno de nosotros"*, así habló Benito, con la voz de muchos de ellos. Y efectivamente, ese día unos agentes de policía se hicieron presentes por la casa del Buceo para interrogar a la familia sobre la misteriosa fuga de Jesús. Pero ya la mayoría de los a-póstoles se habían marchado. Los hermanos Andrés, Simón y Petra volvieron a Valizas junto a Eva y Adán. Diego se fue a la casa de sus padres en Tacuarembó, Benito y Lalo a lo de parientes en Durazno, el *"Sanabichos"* a la casa de unos tíos en La Paloma. Solo Natalia y Paola se quedaron en Montevideo.

Al enterarse Monseñor de la fuga de Jesús, se agarró una rabieta tan grande que arrancó de cuajo el teléfono fijo por el que estaba hablando y lo hizo pedazos al estrellarlo contra la pared. Luego puteó, esputó, in-sultó, maldijo, y violó tantas veces el segundo mandamiento que des-pués, cuando se recuperó del sofocón que le vino, tuvo que ir a confesarse y le mandaron rezar 50 padrenuestros y 20 rosarios completos.

Unas noches después, Monseñor se despertó súbitamente… sobresaltado. Había sentido algo. Una presencia en su cuarto. No fue necesario que prendiera la luz. *"Espero no haberlo asustado, Monseñor"*, sonó la conocida voz de grappamiel a los pies de su cama.

–¿TÚ?... ¿qué haces acá?, ¿a qué has venido?, ¿a matarme?

–Monseñor, ni aunque quisiera, lo mataría –dijo haciendo una mueca.

–¿Entonces que quieres de mi? –Monseñor sentía como las gotas de sudor frío le bajaban de la base de la frente, le empañaban los ojos, y seguían hasta el cuello.

–He venido a traerle un regalo.

–¿¡Un regalo!? –lo miró extrañado.

–Yo creo que es un regalo. Pero de repente usted no lo ve así –dijo, aproximándose hacia él.

–¡NO! ¡NO! ¿QUE HACES?... ¡ALÉJATE DE MÍ! ¡NO ME TOQUES!

Pero ya era demasiado tarde. Ignorando los gritos aterrorizados de Monseñor, Jesús posó su mano derecho en la anciana cabeza del religioso, murmuró unas palabras… y entonces lo dejó.

–¿Qué… qué… que me has… hecho? –balbuceó Monseñor.

Jesús sonrió, dio media vuelta y se marchó de la habitación. *"Buenas noches y dulces sueños"*, se despidió de Monseñor… *"sí es que puede"*, murmuró al salir de la habitación. Monseñor se tranquilizó pensando que había sido la acción de un loco, e incluso se rió de haberse asustado. Sin embargo, luego de esa noche, nunca más volvió a levantarse con su acostumbrada energía. Amanecía pálido, ojeroso, demacrado… como saliendo de un mal sueño. Solo Monseñor notó que a partir de entonces, las noches que dormía mejor, era aquellas en que más se había comportado como cristiano durante el día.

También visitó a Caín y Judas. Al primero se le apareció de repente, en la pequeña capilla de Valizas. *"¡Jesús Maggo!"* exclamó al verlo y lo fue a abrazar. Tuvieron una larga conversación, entre copas de vino y un porrito que se fumaron. Jesús lo puso al tanto de todo lo que había sucedido en los últimos tiempos. *"Pero no es por esto que he venido hoy a visitarte, amigo"* le dijo Jesús, mirándolo fijamente. *"Caín, hijo de Adán, hijo de Eva, he venido a liberarte. Hace siglos has conseguido la redención, que has expiado tu crimen. Es hora de que descanses"*. Entonces una joven se apareció en la parroquia. Era una joven de singular belleza: cabellos negros como la noche, ojos de un azul intenso, piel extremadamente pálida... como si nunca hubiera conocido el calor del sol, y esos labios... carnosos...y azules, como el frío más absoluto. Caín nunca la había imaginado tan hermosa.

–Gracias...mil gracias, Jesús Maggo –dijo él, llorando lágrimas de alegría.

Entonces besó aquellos ansiados labios azules de la hermosísima joven...

A Judas se le apareció de repente, una tarde en casa de sus padres, en la ciudad de Florida. Se asustó mucho al verlo. Intentó correr pero no pudo. Al ver que no podía alejarse de Jesús, se largó a llorar, arrodillado ante él.

–Judas... Judas –le dijo misericordiosamente– yo ya te perdoné por lo que hiciste. Solo espero que algún día puedas perdonarte a ti mismo.

–¡Hijo de puta! ¡Hijo de puta!... ¿¡por qué sos tan cruel!?... ¡volvé!... ¡pegame, pegame! –gritó Judas con desesperación, con rabia, llorando amargamente. Pero Jesús ya se había ido.

Jesús se despide de sus apóstoles

Cuarenta días después de la misteriosa fuga y desaparición de Jesús Maggo, los once discípulos restantes sintieron la necesidad de encontrarse y hablar de lo sucedido y del futuro. Decidieron reunirse en Montevideo, en el apartamento de Paola en el barrio Palermo. Fue así como el día convenido, arribaron a Montevideo todos los apóstoles que se habían marchado al interior luego de los sucesos de comienzos de enero: Adán y Eva, con su bebé, fueron los primeros en llegar. Después llegó el *"Sanabichos"* desde La Paloma. Juntos llegaron Diego, que venía de Tacuarembó, y *"Benito"* y Lalo que llegaron desde Durazno. También juntos llegaron los tres hermanos Simón, Andrés y Petra. Se encontraron los once en la terminal de Tres Cruces y no pudieron reprimir la emoción del encuentro: se abrazaron, besaron, rieron y lloraron, porque el reencuentro, después de todo lo que había pasado, tenía el sabor agridulce de los días de lluvia.

Cuando salieron de la terminal para ir a lo de la anfitriona, se quedaron atónitos al encontrar a Jesús, que sentado cómodamente en el cordón de la vereda, los miraba con una sonrisa, como si los estuviera esperando. Natalia no pudo evitar un grito, que fue algo entre la sorpresa y la alegría. El grito de Diego fue de susto, sorpresa y alegría. Andrés abrió y cerró los ojos en rápida sucesión para convencerse que no estaba soñando. Adán le pidió a Eva que lo pellizcara. Petra y Simón exclamaron y se acercaron corriendo hasta su maestro, y le tocaron la barba, la frente, el pelo, los brazos para asegurarse que no estaban en presencia de un fantasma.

–Mis queridos amigos... mi familia de la vida, no saben cuanto los he extrañado –comenzó diciendo cuando Simón y Petra le dejaron suficiente espacio para hablar–. Vengan todos, arrímense. No duden de mí. Ya vieron que soy de carne y hueso. Simón y Petra lo han comprobado. Sí siguen dudando, me van a obligar a que los haga olerme las axilas, pero créanme, hace una semana que no me baño, y no me gustaría llegar a ser tan cruel con ustedes.

Todos rieron con la ocurrencia de Jesús, que sirvió para terminar de animarlos a que se acercaran a saludarlo. Natalia no se contuvo y le dio un profundo beso en la boca mientras el resto de los Once miraban para el otro lado, cómplices. *"¿Tienen hambre?, ¿les parece si comemos algo?"* les preguntó cuando terminaron de besarse con Natalia.

Enfrente a la terminal, por el lado donde salieron, había un carrito de venta de choripanes y hamburguesas, hacia allí fueron a calmar su hambre. Adán, Lalo, Diego, *"Benito"*, el *"Sanabichos"* y Simón pidieron hamburguesas al pan con jamón, muzarella, mayonesa, aceitunas (salvo Diego), morrones (menos el Lalo y *"Benito"*), y hongos. Natalia pidió un pancho con panceta, mayonesa y mostaza. Paola pidió un pancho con muzarella y mayonesa. Petra y Eva pidieron cada una un choripán con mayonesa y morrones. Andrés solo pidió una bebida para tomar. Jesús pidió un choripán con picantina, catalanes, morrones, hongos y pickles.

—Mis queridos amigos, en este tiempo que ha pasado desde que me encerraron en el manicomio, hasta este reencuentro con ustedes, he tenido el tiempo para pensar en muchas cosas, para descubrir otras, y tengo cosas para transmitirles... pero mejor, ¡comamos primero!, que no hay cabeza que piense bien con la panza vacía —les habló Jesús.

Pero entonces ocurrió el milagro: cuando le dio el primer mordisco a su choripán, Jesús comenzó a elevarse en el aire, ante la incrédula mirada de los apóstoles y los trabajadores del carrito. Al principio fueron unos pocos centímetros, pero pronto comenzó a ganar y ganar más altura hasta elevarse varios metros en el aire sobre las cabezas de todos quienes lo miraban. Eso sucedió en el mismo momento en que un cortocircuito hizo interferencia en la radio portátil que sonaba en el carrito, provocando que dejara de sonar la estridente música tropical que hasta ese instante tenían sintonizada y comenzara a escucharse un conocido tema:

"Quiso volar igual que las gaviotas,
Libre en el aire, por el aire libre
Y los demás dijeron, 'Pobre idiota,
No sabe que volar es imposible!'.

Mas alzó sus sueños hacia el cielo
Y poco a poco fue ganando altura
Y los demás, quedaron en el suelo

Guardando la cordura.

Y construyó, castillos en el aire
A pleno sol, con nubes de algodón,
En un lugar, adonde nunca nadie
Pudo llegar usando la razón"...

Y así, a medida que iba comiendo el choripán con pickles y picantina, se seguía elevando cada vez más en el cielo e iba quedando cada vez más chiquita la gente que lo miraba, asombrada, en el suelo, mientras en la radio, seguía sonando la canción de Alberto Cortez.

Pero aun tuvo tiempo para bendecirlos, y los Once se arrodillaron en el suelo, tomados de las manos, mirando al cielo, orando, y se llenaron de una alegría inconmensurable cuando escucharon que les dijo: *"Estaré por siempre con ustedes, todos los días de su vida hasta que llegue el tiempo de reencontrarnos".*

ÍNDICE

De cómo llegaron los antepasados de Jesús de Valizas a América / 7

La profecía de las gitanas / 11

El nacimiento de Jesús Maggo / 16

El arribo de los tres Reyes / 22

La huída a México / 25

Jesús recibe el llamado / 30

El bautismo / 39

Jesús comienza a predicar / 44

El primer milagro de Jesús / 46

El sermón en la playa / 48

El asado en el rancho / 52

La visita del sacerdote / 56

El segundo milagro / 60

Jesús calma la tormenta / 67

Otros milagros son realizados / 69

La vuelta a Valizas / 74

Jesús sienta las bases de la comunidad / 77

El conciliábulo / 87

La predicación en Punta del Este / 95

Último encuentro con "Nicodemo" / 107

Jesús es tentado en la playa / 109

La gira por Rocha / 113

La resurrección de Sebastián / 126

Jesús suda sangre / 129

El joven rastrillo / 132

La segunda alimentación de la multitud / 135

La denuncia penal / 139

Jesús habla sobre el prójimo / 142

Jesús habla el 1º de mayo / 145

El cumpleaños de Natalia / 148

La transfiguración / 151

Jesús habla sobre el aborto / 154

La vuelta a Montevideo / 157

Jesús se enfurece en el templo / 165

El último asado / 171

El manicomio / 176

Jesús se despide de sus apóstoles / 192